蘭方医・宇津木新吾

老中

小杉健治

双葉文庫

目次

蘭方医・宇津木新吾　老中

第一章　ねずみ小僧

一

天保《てんぽう》三年（一八三二）二月一日。宇津木新吾《うつぎしんご》は薬籠《やくろう》持ちの勘平《かんぺい》を伴い、松江《まつえ》藩の上屋敷の門をくぐった。

数人の侍が庭のほうに走って行った。反対側からふたりの侍が駆けてきて御殿に向かった。なんとなく屋敷内が騒然としているようだった。

「何かあったのでしょうか」

勘平がきいた。

「そのようだな。でも、長屋のほうは落ち着いている」

勤番長屋から侍が出てきたが、あわてた様子ではない。

新吾は御殿に上がり、番医師《ばんいし》の詰所に行った。

松江藩の抱え医師は殿さまや奥向きを受け持つ近習医《きんじゅい》や、家老、年寄、用人などの上級藩士を診る番医師、そして下級武士、すなわち勤番長屋に住む江戸《えど》詰の藩士及び中間《ちゅうげん》・小者《こもの》の治療をする平医師とに分かれている。新吾は番医師である。

部屋に入ると、麻田玉林《あさだぎょくりん》が茶を飲んでいた。四十年配で顎鬚《あごひげ》を伸ばした熟練の漢方医である。

「おはようございます。お早いですね」

新吾は声をかけた。

「うむ。歳のせいか、早く目覚めてしまう」

玉林は苦笑する。

「まだそんなお歳ではありませんよ。そうそう、なんとなく屋敷の中が騒然としているようですが」

「盗人が入ったそうだ」

「盗人？」

「夜中に、三十両ほど盗んで引き上げるところを、警固の侍が気づいて斬りつけた。左腕を斬ったらしい。それで賊は盗んだ金を落として逃げた。家来たちが追いかけたが、逃げられた。庭に隠れ潜んでいるかもしれないので、明るくなってもう一度捜したが見つからなかったということだ」

　玉林は湯呑みを置いた。

「とうに逃げているのでしょうね」

「そうだろう。だが、惜しいことをした。盗人は評判のねずみ小僧だ」

「ねずみ小僧？」

「そうだ。大名屋敷や旗本屋敷だけを狙う盗人だ。誰も姿を見たことがないというところから、ねずみ小僧の異名をとっているのだが、今回はじめて警固の侍が姿を見たのだ。もちろん頬被《ほおかむ》りをしていて顔はわからないが、姿を見た。細身の小柄な男だったそうだ。ねずみ小僧を捕まえればこのお屋敷の名も上がろう」

　玉林は溜め息をついてから、

「手傷まで負わせていて、あと一歩のところだった。じつに惜しい」

と言い、再び湯呑みに手を伸ばした。

「盗まれたのはお金だけですか」

「ねずみ小僧は金しかとらぬ」

「そうですか」

「ところで、宇津木どの」

玉林が口調を改めた。

「最近、潤斎《じゅんさい》さまはご機嫌のようではないか」

「そうですか」

「気がつかないか」

「ええ。気がつきません」

花村《はなむら》潤斎は近習医である。

「いつも難しい顔をして擦れ違うのだが、きのうは私に声をかけてきた」

「それは結構なことではありませんか」

「それはそうだ」

機嫌がよいという言葉から、新吾は江戸家老の宇部治兵衛《うべじへえ》のことを思いだした。宇部治兵衛も機嫌がよいのだ。治兵衛の機嫌がいいのは、老中の板野美濃守《いたのみののかみ》が失脚したことにあるのではないかと思っているが……。

以前から治兵衛は美濃守が失脚することを知っていたようだ。

美濃守と松江藩は微妙な関係にあった。松江藩に関わる抜け荷の一件だ。

松江藩は数年に亘り、抜け荷を行ってきた。そのことを公儀隠密《おんみつ》の間宮林蔵《まみやりんぞう》に嗅ぎつけられて大坂《おおさか》の奉行所が動いたが、老中の板野美濃守に大金を渡して揉み消してもらった。

その件があったのに松江藩は抜け荷を再開していた。それを勧めたのは美濃守だった。

松江藩はその後も抜け荷を続けたが、今度は何者かから抜け荷のことで強請《ゆす》られ、事が露見しそうになった。仕方なく、再び美濃守に揉み消しを頼んだ。謝礼は五千両。ところが、それだけでは済まなかった。美濃守は松江藩にさらに抜け荷を続けさせようと働きかけていたのだ。

美濃守の企みに気づいた新吾は宇部治兵衛に美濃守の口車に乗らないように訴えた。だが、それは杞憂《きゆう》だった。治兵衛は美濃守を見限っていた。

その通りの結果になった。治兵衛は美濃守の失脚を知っていたのだ。なぜ、幕閣の動きを治兵衛が知ることが出来たのか。

そこに浮上するのが幕府の奥医師《おくいし》である。

花村潤斎は幕府の奥医師桂川甫賢《かつらがわほけん》の孫弟子にあたる。甫賢の直系の弟子が表御番《おもてごばん》医師の花村法楽《ほうらく》で、法楽の弟子が潤斎である。

桂川甫賢は大槻玄沢《おおつきげんたく》、宇田川玄随《うだがわげんずい》と並ぶ蘭学者の大家であり、桂川家は代々奥医師を世襲している。奥医師の首席は法印《ほういん》、次席を法眼《ほうげん》というが、桂川甫賢は法眼である。

美濃守失脚の話は桂川甫賢から法楽を通して潤斎に伝わり、そして治兵衛の耳に入ったのではないか。

ただ、わからないのは桂川甫賢と松江藩の関わりだ。なぜ、松江藩のために情報を伝えるのか。

「宇津木どの。どうなさった？　何か考え込んでいるようだが」

「いえ、なんでもありません」

はっと我に返り、新吾はあわてて言ってから、

「さっきのねずみ小僧ですが、やはり奉行所には届けないのでしょうね」

と、話題を変えるように言った。

「言ったところで、町方がお屋敷内に入って調べることは出来ん。それより、面子があるからな。捕まえていればともかく、逃げられたのだ。言わんだろう」

「そうですね」

新吾が答えたとき、

「失礼いたします」

と声がして、襖《ふすま》が開いた。

潤斎の弟子だった。

「宇津木どの、潤斎先生がお呼びにございます」

「わかりました。すぐお伺いいたします」

新吾は立ち上がって、玉林に挨拶《あいさつ》をして詰所を出た。

近習医の詰所は隣だ。

「失礼します」

声をかけ、新吾は襖を開けた。

「入りたまえ」

「はい」

新吾は潤斎の近くに腰を下ろした。

潤斎は毎朝殿さまや奥方の検診を行っている。それを終えて詰所に帰ってきたところのようだった。

総髪の花村潤斎はまだ三十代半ばぐらいで、鼻筋の通った目の大きな男だった。額が広く、聡明そうである。

「その後、高野長英《たかのちようえい》どのに会っているか」

いきなり、潤斎がきいた。

「いえ。会っていません」

高野長英は仙台《せんだい》藩の一門、水沢《みずさわ》家家臣の子として生まれたが、九歳のときに伯父である高野玄斎《げんさい》の養子となり、医学や蘭学に目覚めていったという。

長英はシーボルトが作った長崎《ながさき》の『鳴滝塾《なるたきじゆく》』で塾頭をしていたほどの天才であり、知識はずば抜け、医術に関しても有能であった。その自負からか態度は傲岸《ごうがん》であり、他人から誤解されやすいが、根はやさしく、どんな患者にも対等に接していた。

だが、シーボルト事件の連座で『鳴滝塾』の主だったものが投獄された中、長英はうまく逃げ延び、一時幻宗《げんしゆう》の施療院に身を寄せていた。

そのことから新吾は長英と親しくなったのだ。その後、長英は公儀隠密の間宮林蔵の追跡を逃れ、しばらく江戸を離れていたが、去年江戸にこっそり戻った。

今、長英は麴町《こうじまち》で町医者をしているが、医業だけでは食べていけないので蘭学を教えている。

「そうか。では、誘いはないのだな」

「誘い？　勉強会のですか」

「そうだ」

長英は勘定吟味《ぎんみ》役の川路《かわじ》聖謨《としあきら》と共に西洋に学ばねばならぬと仲間を集い勉強会を

開こうとしていたという。医学、語学だけでなく、政治、経済、国防という類まで学ぶというものだった。

だが、このことに、潤斎は批判的だった。西洋の技術を学ぶのはよいことだが、政治、経済、なにより国防に興味を持つことは行きすぎだと潤斎は言っていた。

「勉強会はもうはじまっているのですか」

「そのようだ」

「私には誘いはありません」

「そうか」

潤斎は戸惑いを浮かべ、

「もし誘いがあったら乗ってみたらどうか」

と、口にした。

「誘いにですか」

新吾は訝《いぶか》って、

「先日は確か、長英どのの誘いには乗るなと」

「うむ」

潤斎は顔をしかめた。

「何かあるのですか」

「勉強会に参加した者の顔ぶれや内容を知りたいと思ってな」

「なぜですか」

「……」

潤斎は少し考え込んでいたが、ようやく口を開いた。

「今や蘭学は公儀にも受け入れられて、漢方医と蘭方医との対立はない。だが、儒学者と蘭学者との関係は複雑だ」

江戸幕府に朱子学をもって仕える林家は始祖の林羅山《らざん》から続いており、今は林家の中興の祖と言われる林述斎《じゅつさい》が君臨している。

「蘭学者たちが西洋の技術を習得し、そのことによって幕閣に意見を具申するようになることを懸念している」

「そうなれば儒学者の反発を買うと？」

「そうだ。医学の分野では認められ、幕府の奥医師にも何人か蘭方医がいる。だが、蘭学者が余計な動きをしたら、蘭方医の首を絞めることになりかねない。それで、様子を探ってもらいたかったのだ」

「間者《かんじゃ》になれと」

新吾は啞然《あぜん》とした。

「そのような大仰なものではない」

潤斎は身を乗り出し、

「ただ、万が一を考えてのことだ」

と、小声で言う。

「万が一？」

「過激な集団になることを恐れている。進んだ西洋の技術を知ったら、必ず我が国の遅れを追及するようになる。儒学者たちとの対立になる。そんなことにならないようにしたいのだ」

「……」

果たして、潤斎はどこまでほんとうのことを言っているのだろうか。

潤斎は自分を中心とした蘭学者の流派を作ろうとしているという噂《うわさ》を聞いた。だとしたら、高野長英たちの集まりは競争相手ということになる。しかし、ここまで潤斎はそのような話を新吾にしたことはなかった。

「どうだ、そなたから長英を訪ねては？」

「……」

「さりげなく勉強会のことをきき出し、参加したいことを匂わせ……」

潤斎は執拗《しつよう》だった。新吾を間者にしようとしている。

「高野さまは私がそういうことに興味がないことを知っています。だから、声をかけなかったのです。今さら、私がそんなことをしたら、かえって不審を招きます」

新吾は異を唱えた。

「いや、あの男はそなたを疑わない」

潤斎は言い切ったが、

「では、こうしよう。そなたは勉強会のこととは関係なく、長英を訪ねるのだ。口実はなんでもいい。そなたとて、長英に会いたいであろう」

「……」

「どうだ？　会ってこい」

「会って何をするのですか」

「長英の様子を知らせてくれればいい。それだけなら、問題はあるまい」

潤斎は迫るように言った。

「わかりました。高野さまにはお会いしたいので、いずれ訪ねてみます」

「うむ」

岳父《がくふ》の上島漠泉《うえしまばくせん》のことで手を貸してもらわねばならないので、潤斎を無下《むげ》には出来なかった。

かつては木挽町《こびき》に大きな屋敷を持ち、表御番医師としての権威を誇っていた漠泉だったが、シーボルト事件に巻き込まれて表御番医師の身分を剝奪され、今は町医者として細々《ほそぼそ》と暮らしている。

その漠泉を表御番医師に返り咲かせようという話が出てきた。同じ表御番医師として親しくしてきた花村法楽が漠泉を復帰させようとしている。法楽の師である桂川甫賢が、その労は惜しまないと言っているらしい。法楽との仲を取り持ってくれているのが潤斎だった。

「潤斎さま。話は変わりますが」

この際だからと、新吾は切りだした。

「老中の美濃守さまが老中をお辞めになることを、ご家老の宇部さまは御存じのようでした。なぜ、幕閣の事情をご家老が知ることが出来たのでしょうか」

「なぜ、そのようなことをわしにきく？」

「奥医師桂川甫賢さま、弟子の花村法楽さま、孫弟子の潤斎さま、そしてご家老という流れで……」

「桂川甫賢さまが幕閣の動きを察し、耳にしたことを宇部さまに伝えたというのか」

潤斎は口元を歪めた。

「なぜ、甫賢さまが松江藩のご家老のためにそこまでしなければならないのだ」

「わかりません」

「宇津木どの。よけいなことは考えないほうがいい」

「はい。もうひとつお訊ねしてもよろしいでしょうか」

新吾は怯まなかった。

「潤斎さまが松江藩の近習医になられたのはどういう経緯《いきさつ》からでしょうか」

「そなたがここの藩医になったのと似たような理由だ」

「……」

「もういいな」

潤斎は話を切り上げるように言い、

「高野長英に会ってくるように」

と、命じた。

新吾は低頭して立ち上がり、部屋を下がった。

詰所に戻ると、玉林はいなかった。急病人でも出たのかもしれない。新吾は潤斎の命令ともとれる頼みに気が重くなっていた。

二

翌日の夕方、新吾は診療を終えると、香保《かほ》に見送られて家を出た。

小網町《こあみ》二丁目の鎧《よろい》河岸を過ぎ、箱崎から永代《えいたい》橋に差しかかった。だいぶ暖かくなってきたが、川風は冷たかった。

橋の真ん中から海に浮かぶような冠雪した富士を眺め、佐賀《さが》町から小名木《おなぎ》川沿いを進み、高橋《たかばし》を渡って常盤《ときわ》町二丁目の角を曲がった。

八百屋、惣菜屋、米屋など小商いの店が並ぶ通りが途切れ、やがて今までと雰囲気が違う場所に出て来た。狭い間口の二階家が並び、戸口に商売女の姿がちらほら見える。軒行灯《のきあんどん》に灯が艶っぽく輝き出していた。

新吾がはじめてこの道に入ったのは文政《ぶんせい》十一年（一八二七）三月、枝垂《しだ》れ桜が盛りを迎えていた頃だった。

さらに古ぼけた家並みが続き、空き地の先に大名の下屋敷の塀が見える。その手前に、掘っ建て小屋と見紛《みまが》う大きな平屋があり、庇の下に『蘭方医幻宗』と書かれた木の札が下がっていた。

新吾は七十俵五人扶持《ぶち》の御徒衆《おかち》田川源之進《たがわげんのしん》の三男であった。いわゆる部屋住《へやずみ》で、家督は長兄が継ぎ、次兄は他の直参に養子に行った。

新吾は宇津木順庵《じゅんあん》に乞われて養子になると、順庵は新吾を長崎に遊学させてくれた。実際に遊学の掛かりを出してくれたのは上島漠泉だったが、そのことを知ったのは後のことだ。

長崎遊学から帰った新吾は深川《ふかがわ》常盤町で医院を開いている村松《むらまつ》幻宗と知り合い、心酔していった。

幻宗は患者から一切薬礼《やくれい》をとらず、貧富や身分に拘らず、患者にみな対等に接した。

施療院の戸口に立つと、まだ患者がいるらしく土間に履物が数足並んでいた。

新吾は黙って上がり、療治室《りょうじ》のほうに向かう。廊下の奥にある厠《かわや》から左腕に包帯を巻いた男が出てきた。小柄で、素朴な感じの男だった。

傷口が痛むのか、男は顔をしかめて辛そうにゆっくりゆっくり患者用の部屋に戻って行った。今にも泣きそうな顔だった。

「新吾さん、いらっしゃい」

医者の助手をし、さらに患者らの面倒を見ているおしんが出てきた。

「今の左腕に包帯を巻いたひと、ずいぶん痛そうでしたけどどうしたんですか」

「昨日やって来たんです。自分で晒《さらし》をぐるぐるに巻いて止血をしてましたが、晒は真っ赤でした」

「どんな怪我ですか」

「刀で斬られたんです」

「斬られた？」

「ええ、浪人と喧嘩《けんか》になったそうで、相手を殴って逃げようとしたら後ろから斬りつけられたんだそうです」

「浪人と喧嘩ですか」

新吾はおやっと思った。

一昨日《おととい》の夜中、松江藩上屋敷に忍び込んだねずみ小僧は警固の侍に斬られたのだ。

「まさか」

思わず驚きの言葉が、新吾の口をついて出た。

「御存じなんですか」

「いえ。で、名前は？」

「次郎吉《じろきち》さんです」

「次郎吉ですか」

そんなはずはないと思った。偶然だ。今の男はねずみ小僧とはとうてい思えない。十年も大名屋敷や旗本屋敷に忍び込んで捕まったことがないという。それほど、ねずみ小僧はすばしこく、豪胆な男だ。今の男にそのような迫力はまったく感じられない。それどころか、痛みに負けて泣きだしそうな様子だった。

気を取り直して、新吾は庭に面した廊下に行く。いつも幻宗が座る場所の近くに座った。庭の梅も芽吹いてきた。

ここに通うようになって五年経つ。最初はここで修業がてら幻宗といっしょに患者を診ていたが、今はたまに幻宗に会いにくるだけだった。

幻宗は患者から金をとらない。どこから、施療院を続けていくに必要な金をどうやって作っているのか。長い間、謎だったが、ようやくある手掛かりを得た。

幻宗は以前は松江藩のお抱え医師だった。そこを辞めたあと、全国の山野を巡って薬草を収集していたのだ。

幻宗はどこかで薬草園を開いている。そこではケシの栽培もしている。そして、もっとも利益が大きいのは高麗人参《こうらいにんじん》だ。

松江藩は国元で高麗人参の栽培をしていた。幻宗はそこで、その栽培方法を身につけ、大がかりに高麗人参の栽培をはじめた。そこが施療院を営んでいく元手になっているのではないか。新吾はそう推察しているが、断定は出来ない。

重たい足音がして、新吾は居住まいを正した。

幻宗がやって来て廊下に胡座《あぐら》をかいた。

「お邪魔《じゃま》しています」

「うむ」

幻宗は鷹揚《おうよう》に言う。浅黒い顔で、目が大きく鼻が高い。四十歳は過ぎたろうに、肌艶もよく、若々しい。

おしんが湯呑みになみなみと酒を注いで運んできた。

「どうぞ」

幻宗の横に置く。

幻宗は黙って頷《うなず》き、湯呑みを摑んだ。

仕事を終えたあと、幻宗は庭を見つめながら湯呑み一杯の酒を呑んで疲れをとるのが習いであった。

ありがたそうに両手で湯呑みを摑み、そっと一口すすった。

幻宗にとってこの瞬間が一番《いちばん》の心が休まるときなのだろう。それ以外は常に医師幻宗でいるのだ。

「何かあったか」

幻宗がきいた。

「いえ。ただ、久しぶりに先生のお声を聞きたかったのです」

「それだけではないだろう。なにやら屈託がありそうだ」

幻宗は鋭い眼光を向けた。

「恐れ入ります」

新吾は頭を下げて、

「近習医の花村潤斎さまが高野長英どのの勉強会のことを気にしてまして、私にその勉強会に参加しろと。様子を探らせようとしているんです」

と、正直に話した。

「長英はそなたがそのようなことに興味がないことを知っている。誘うはずがない」

幻宗も新吾と同じことを言った。

「はい。それでも様子だけでもきいてこいと。私は間者の真似など出来ません」

「ただ会ってくればいい。そなたが長英に会いに行くのは少しも不思議ではない。それでも気になるなら伊東玄朴《いとうげんぼく》にも会ってくればいい」

「玄朴どのにですか」

「そうだ。そなたはふたりと親しいのだ。長英にだけ会うより、そのほうが自然だ」

「わかりました」

そうだ、玄朴にも会ってこよう。長英だけに会いに行くのは魂胆を見透かされそうだが、玄朴にも会うならば親交からして当然だ。

「おかげで幾分気が楽になりました」

「単純だな」

幻宗が珍しく笑みを見せた。だが、それも一瞬だった。

新吾は腰を浮かしかけた。

「では、私はこれで」

「たまには夕餉《ゆうげ》をいっしょにとっていけ」

「そうですね」

新吾は迷った。香保が夕餉の支度《したく》をして待っているのだ。

だが、幻宗は手を叩いて、おしんを呼んだ。

おしんがやって来た。

「夕餉、新吾のぶんも頼む」

「はい」

おしんはにっこり笑って台所に向かった。

炊事や洗濯は近所のおかみさんやばあさんたちが手伝ってくれている。野菜なども持ってきてくれる。

なにしろ、患者からは薬礼もとらないのだから、患者の方が気をつかって野菜などを届けてくれるのだ。

夕餉を馳走《ちそう》になって、新吾は幻宗の施療院を出た。星明かりの夜道は提灯《ちようちん》を必要としなかった。

高橋を渡り、小名木川沿いを大川《おおかわ》に向かって歩いていると、橋の袂の暗がりからふいに現れたひと影があった。

新吾は立ち止まった。目の前に、饅頭笠《まんじゆうかさ》に裁《た》っ着《つ》け袴《ばかま》の侍が立っていた。

「間宮……」

新吾は呼びかけた声を途中で止めた。間宮林蔵だと思ったが、林蔵より体が一回り大きい。それより、袴もよれよれでほころびも目立つ。

「どなたですか」

新吾は問うた。

「宇津木新吾、久しぶりだ」

男の声は重々しかった。

「ひょっとして、鹿島銀次郎《かしまぎんじろう》どの?」

新吾はきいた。

「そうだ」

銀次郎は笠をとった。

目の縁は窪み、頰がこけ、髭《ひげ》が伸びて汚らしい顔だ。ほんとうに鹿島銀次郎かと疑ったほどだ。

戸川源太郎《とがわげんたろう》と名乗り、松江藩を抜け荷の件で強請っていた男で、利用した者たちを容赦なく始末した。そんな冷酷な男の面影はない。

「もう二度と私の前に現れないと思っていましたが」

新吾は驚いて言った。

「役に立たなくなった男の末路は哀れなものだ」

銀次郎は自嘲《じちょう》した。

「あなたはどこか体に不調があるのではありませんか」

窶《やつ》れた顔を見て、新吾は病の罹患を気にした。

「なんともない」

銀次郎は言ったが、新吾は病を疑った。

「ちょっと診させていただけませんか」

「必要ない」

銀次郎はきびしく言い、

「そんなことより、ききたいことがある」

と、切りだした。

「ききたいこと？」

新吾は問い返す。

「うむ。美濃守さまは老中をお辞めになった」

「そのようですね」

この鹿島銀次郎は美濃守の家来だ。だが、この落魄《らくはく》ぶりはどういうことだ。

「美濃守さまは松江藩に抜け荷を続けるように入れ知恵をした。年寄の向川主水介《むかいがわもんどのすけ》どのの話では家老の宇部治兵衛も乗り気だったようだ。それなのに、宇部治兵衛は美濃守の依頼を無視した」

美濃守は二度に亘る松江藩の抜け荷事件で大儲けをした。それに味を占めたか、松江藩にさらに引き続き抜け荷をさせ、利を得ようと松江藩の年寄向川主水介を唆《そそのか》し、抜け荷を再開させようとした。

「抜け荷をさせ、その上がりを吸い取ろうという虫のいい話は所詮、うまくいくはずはなかったのですよ」

新吾ははっきり言う。

「なぜ、宇部治兵衛は途中で手を引いたのだ?」

銀次郎は鋭く言い、

「美濃守さまが後ろ楯ならば、何があっても安心なはずだ。それなのに、なぜ宇部治兵衛は途中で美濃守さまに従わなくなったのだ?」

と、続けてきいた。

「今さらそのようなことを知ってどうなさるのですか」

「ほんとうのことを知っておきたいのだ。どうなのだ?」

銀次郎は迫るようにきいた。

「強請の黒幕が美濃守さまだとわかったからですよ」

「俺も最初はそう思っていた」

「だが、はっきりした証があるわけではない。ほんとうに美濃守さまが背後にいるかどうか、わからなかったはずだ。それなのに、宇部治兵衛は美濃守さまを途中で切った」

「二度と抜け荷に手を出したくないと思っていたのでしょう。だから、もう美濃守さまを頼る必要もなくなったということではないでしょうか」

「違う。向川どのが言うには、宇部治兵衛も最初はその気になっていたそうだ」

「ですから、途中で強請の黒幕が美濃守さまだとわかって……」

「そうではない」

銀次郎は強い口調で言い、

「そなただって、俺と同じ疑問を持っているのではないか」

と、問うた。

「……」

「他に理由があるはずだ」

銀次郎は落ち着いて言う。

「私にはわかりません」

「……」

「宇部治兵衛は美濃守さまが失脚することがわかっていたのではないか」

銀次郎は鋭く言う。

「ご家老に幕閣のことがわかろうはずはありません」

「近習医の花村潤斎は幕府の奥医師桂川甫賢の孫弟子に当たるそうだな」

「……」

「奥医師は大奥に入ることが出来る。桂川甫賢はそこで美濃守さまのことを耳にした。その話が花村潤斎まで伝わり、潤斎から宇部治兵衛に話が行った……」

新吾の読みと同じだ。が、あえて、新吾は逆らった。

「でも、桂川甫賢さまは美濃守さまと松江藩との関係を知らないはずです。美濃守さまのことをご家老に知らせる理由がありません」

それは新吾自身の疑問でもあった。なぜ美濃守失脚のことを桂川甫賢が松江藩に知らせたのか。

「そうだ、そこだ」

銀次郎がさらに続けた。

「美濃守さまに替わって、鮎川河内守《あゆかわかわちのかみ》さまが老中になったが、鮎川さまと松江藩は繋がりがあるのか」

「いえ、聞いたことはありません」

「すると、やはり……」

銀次郎は沈んだ声で言う。

「やはりとは？」

「いや」

銀次郎は首を横に振り、

「いつぞや、俺が雇った浪人とともにそなたを襲い、勘平を人質にとったことがあった」

と、言った。

「柳原《やなぎわら》通りでしたね」

「そのとき、遊び人ふうの男がそなたたちの助けに入った。あの男は何者だ？」

「わかりません。間宮林蔵さまの手の者かと思いましたが、違うようです」

「そうか」

「あなたは誰だか知っているのですか」

「おそらく、宇部治兵衛の手の者だ」

「ご家老の？」

「そうだ。確かめてみろ」

銀次郎は言い、

「邪魔をした」

と、踵《きびす》を返した。

「待ってください。何か心当たりがあるのですか」

銀次郎は立ち止まって、

「確証はない」

と、背中を向けたまま言った。

「あなたにはききたいことがたくさんあるのです」

「もう済んだことだ」

「あなたは美濃守さまのお屋敷にいるのですか」

「美濃守さまは老中を罷免されたあと、隠居された。汚れた仕事をしてきた俺が美濃守さまのそばにいられるわけがない」

「では、あなたへの連絡の方法は？」

「必要なら俺からそなたの前に現れる」

そう言い、銀次郎は急ぎ足で去っていった。

「待ってください」

新吾は大声で呼んだが、銀次郎が振り返ることはなかった。

日本橋小舟町《にほんばしこぶなちょう》の家に帰った。

「お帰りなさい」

妻の香保が迎えに出た。

「幻宗先生のところで夕餉を馳走になってきた」

家に上がって新吾は言う。

「そうでしたか」

香保は頷いた。

居間に顔を出すと、義父《ちち》の順庵がいい気持ちになっていた。かなり、酒を呑んでいるようだった。

「新吾、いっしょに呑もうではないか」

「着替えてきます」

新吾は自分の部屋に行った。香保もついてくる。

香保は表御番医師だった上島漠泉の娘だ。

新吾も香保も、漠泉の表御番医師の復帰が叶うことを喜んでいたのだが、意外なことに、漠泉自身は望んでいなかった。

これまで時を置いて何度か説得をしているが、漠泉は断り続けている。何か、深い事情があるのか、単に表御番医師への情熱がないだけなのか。

「漠泉さまはやはりその気にならないのだろうか」

「父は今の暮らしで満足なのでしょう」

「うむ」

新吾は普段着に着替え、居間に行った。

義父の順庵が新しい湯呑みに酒を注いで新吾に寄越した。

「新吾、呑め」

「こんなにいりません」

「だいじょうぶだ。今夜は急患はない」

「でも、何があるかわかりませんから」

急患で呼ばれたとき、酔っぱらっていたら治療は出来ない。義父か新吾のどちらかが素面でいなければならない。

「だが、有能な弟子がふたりもいる」

今、ふたりの助手を雇っている。離れに、ふたりは住んでいる。他に昼間は通いの医者がひとりいる。

新吾が松江藩の番医師になってから患者も増え、富裕な商家への往診も多くなり、弟子を増やさざるを得なくなっていた。

「でも、用心をして」

「そうか。じゃあ、それは俺がいただこう」

自分の湯呑みを空にしてから、新吾のための湯呑みを手にし、順庵はなみなみ注がれた湯呑みに口を近付けた。

一滴もこぼさず、順庵は喉に流し込んだ。

「見事なものです」

新吾は感心する。

「なあに、ただの大酒呑みですよ」

義母が苦笑したが、順庵はうまそうに酒を呑んだ。

「まだか」

いきなり、順庵が新吾にきいた。

「何がですか」

「跡取りだ」

「すみません」

香保が謝った。

「謝る必要はありませんよ」

義母が香保に言い、

「これからですよ。これは授かり物ですから」

と、義父をたしなめた。

「すまぬ。よけいなことを言った」

義父は小さくなった。

義父母は子どもが出来なかった。だから、田川家から新吾を養子にもらったのだ。それもおとなになってからだ。

義母も順庵の二親から子どもはまだかと言われ続けてきたのだろう。そうは言っても、赤子を抱きたいという思いは強いはずだ。

義母が言うように、授かり物だ。

「患者からの付け届けを『大菱屋《おおびしや》』に引き取ってもらったが、安く買いたたかれたわい」

いるのだ。

順庵が唐突に言ったのは、気まずい雰囲気になってあわてて話題を変えようとして

『大菱屋』は献残屋《けんざんや》である。贈答の品を引き取ってもらっているのだ。新吾は患者によけいな気遣いは無用と言っているのだが、快気するとうれしいのか高価なものをくれるのだ。そのたびに、幻宗のところと比較して新吾は忸怩《じくじ》たる思いにかられるのだ。

その夜、順庵は酔いつぶれて居間で寝てしまった。

三

翌日、昼過ぎに松江藩上屋敷から引き上げると、勘平を先に帰し、新吾は麴町に向かった。

高野長英が開業した医院を訪れたのは一年少し前のことだった。平屋の一軒家の戸口に立つと、蘭学塾と書かれた札が軒下に吊るしてあるのが目に入る。

戸を開けると、土間にいくつもの履物があった。ちょうど今は講義の最中だ。前回より、履物がはるかに多かった。

長英の名声に惹かれ、講義を受けるひとがかなり増えたようだった。

「ごめんください」

新吾は呼びかけた。

すぐ婆さんが出てきた。

「宇津木新吾先生ですね。さあ、上がってください」

新吾は部屋に上がった。広間では入りきれないほどの塾生が長英の講義を聞いていた。

前回と同じように小部屋で婆さんがいれてくれた茶を飲んで待った。

「すごい数の塾生さんですね」

新吾が言う。

「ええ、どんどん増えています」

「そうですか」

塾生以外にどんなひとが訪ねてくるかときこうとしたが、探るようで気が引けた。

広間のほうが騒がしくなった。講義が終わったようだ。

やがて、長英がやって来た。細面で額が広く、いかにも頭の切れそうな顔をしている。精悍な感じがするのは逃亡生活を経験したからだろう。

「新吾、久しぶりだな」

長英が大声で言い、目の前に腰を下ろした。

「俺が小舟町のそなたの家に行ったのはいつであったか」

「去年の九月ごろでした」

「それ以来か」

「ご無沙汰《ぶさた》して申し訳ありません」

「お互い、忙しい身だ。気にせんでいい」

「はい」

「ゆっくり出来るのか」

「申し訳ありません。これから伊東玄朴さまのところにちょっと顔を出し、早く帰ろうと思っています」

「そうか」

長英は残念そうに言う。

「それにしても塾生がずいぶん増えましたね」

「うむ。西洋の技術にみな関心があるようだ」

長英は言ってから、

「松江藩のほうはどうだ？」

「はい。元気で務めさせていただいております」

新吾を番医師として招くように藩主の嘉明《よしあき》公に進言したのは長英だった。長英は嘉明公にも信頼されているのだ。

「そうだ。新吾、今度、俺たちの勉強会に来い」

長英が思いだしたように言う。

「私は医学のことにしか興味がありませんので」

「別に会に誘っているわけではない。川路聖謨さまなどいろいろ面白い者たちがいるので引き合わせたいのだ」

「川路聖謨さまは勘定吟味役だそうですが、どうして蘭学を？」

「川路さまはたいそうな勉強家だ。西洋のことを貪欲《どんよく》に勉強しようとしている。誠実で人柄もよく、俺のように生意気な男ではない。付き合って、損のないお方だ」

長英はさらに付け加えた。

「それに、仲間にはシーボルト先生の『鳴滝塾』を出たひとたちもたくさんいる。ぜひ、一度遊びに来い」

「『鳴滝塾』を出たひとたちですか」

具体的な名をきこうとして思い止まった。探るようで、いやだった。

「そうだ。伊東玄朴などと付き合うよりよほどいい」

長英は口元を歪めた。

「では、そろそろ私は」

「もう帰るのか」

「はい。高野さまの元気な姿を見るためだけにまいりましたから」

「これから伊東玄朴のところに寄るのだったな」

「はい。高野さまがよろしく言っていたとお伝えしておきましょうか」

「どうでもいい」

長英は興味なさそうに言って続けた。

「奴の頭にあるのは富と栄達《えいたつ》だけだ。天下国家のことを考えている俺たちとは生き方が違う」

同じことを玄朴も言っていた。国のことを考えているという長英を自分とは生き方が違うと。そして、長英に引きずられるなと、新吾に諭《さと》すように言ったのだ。

新吾は長英に挨拶をして引き上げた。

麹町から玄朴が住む下谷《したや》長者町《ちょうじゃ》にやって来た。

戸口には患者が並んでいる。中に入れず、あふれているのだ。こちらもかなりの盛況だった。

新吾は迷った。顔を出せば、診療の邪魔になりそうだ。

伊東玄朴も長崎の『鳴滝塾』でシーボルトから西洋医学を学んだ。シーボルト事件に巻き込まれたひとりだ。

師である猪俣伝次右衛門《いのまたでんじえもん》の息子オランダ通詞猪俣源三郎《げんざぶろう》が幕府天文方《てんもんかた》兼書物《しょもつ》奉行である高橋景保《たかはしかげやす》から頼まれた日本地図をシーボルトに届けたのが玄朴だった。しかし、町奉行の追及にも最後まで、中味を知らなかったとしらを切り通したという。

シーボルト事件の連座を免れた玄朴は、本所番場《ほんじよばんば》町に医院を開業し、その後、下谷長者町に引っ越した。

貧農の家に生まれた玄朴は隣村に住む医者の下男《しもおとこ》をしながら医学の勉強をした。長崎に行っても寺男《てらおとこ》として働き、医学を学んだ。食う物にも事欠く暮らしをし、医家の道を突き進んだのだ。

富や栄達を望まないという新吾をあまっちょろいと批判しただけあって、医者で成功しようという思いは人一倍強かった。俺は、貧しさから逃れようと富や栄達を求めたからこそ、その思いが力となって堪えがたい苦労を乗り越えることが出来たのだと、玄朴は言った。

新吾がこのまま引き上げようかと迷っていると、並んでいる患者の列が動いた。すると、戸口の横の看板に肥前《ひぜん》藩医伊東玄朴とあるのが見えた。肥前藩の藩医になったのだと喜び、新吾は玄朴に会うことなく引き上げようとした。

そのとき、中から紺の股引きに尻端折《しりばしょ》りをし、羽織《はおり》をまとった岡っ引きが手下《てか》とともに出てきた。

「親分さん。玄朴先生に何かあったのですか」

新吾は驚いて岡っ引きに声をかけた。

「おまえさんも医者のようだな」

ずんぐりむっくりの体型の岡っ引きは新吾の顔を見て、

「じつは刀傷を負った男を捜しているのだ。手当てをしたことはないかと医者にきいてまわっている」

とっさにねずみ小僧のことを思いだした。

「そうですか。で、いかがでしたか」

「ここも違った」

岡っ引きは答えたあとで、

「おまえさんは心当たりはあるかえ。左腕を斬られた男だ」

「いえ」

「そうか」

岡っ引きはそのまま手下とともに去って行った。

新吾も玄朴に挨拶することなく、そのまま引き上げた。


夕方、診療が終わり、患者がみな帰ったあと、巻羽織に着流しの南町奉行所の同心津久井半兵衛《つくいはんべえ》が岡っ引きの升吉《ますきち》とともに訪ねてきた。

新吾は土間に立ったふたりと上がり框《がまち》に腰を下ろして接した。

玄朴のところに現れた岡っ引きのことを思いだした。怪我をした男の探索だろうと思った。

「じつは宇津木先生に折入ってお願いがありまして」

津久井半兵衛が切りだした。

「なんでしょうか」

訝りながら、新吾はきいた。

「今、奉行所では総掛かりで、左腕に刀傷を負った男を捜しています。松江藩上屋敷に忍び込んで、警固の侍に斬られたねずみ小僧と呼ばれている盗人です」

「松江藩上屋敷に盗人が入ったことは聞いています。うちにはそういう怪我人は来ていません」

「ええ、わかっています」

半兵衛はあっさり言い、

「じつは、深川の村松幻宗先生の施療院で、左腕を斬られた男が養生していることがわかりました」

「……」

「それで、幻宗先生のところに行ったのですが、幻宗先生は一切我らに取り合ってくれないのです。患者のことは何も言えないと」

「幻宗先生にとって患者はどんな人物であろうが、等しく同じなのです。たとえ相手がひと殺しだろうが、怪我や病気が治るまでは守る。それが先生のお考えです」

新吾は幻宗の医師としての姿勢を説明した。

「私としては、男が治癒してから取り調べをするつもりです。ですから、治癒して施療院を出て行く前に知らせていただければ、施療院の前で待ち伏せ出来ます」

「おそらく、先生は教えないと思います。別に、男をかばうというわけではなく、患者さんにはすべて同じように接していますから」

「そうですか。まあ、それなら、四六時中、見張りをつけておけば問題はありません。それより、その前に男がねずみ小僧かどうか確かめたいのです。どうでしょうか。宇津木先生に確かめていただくわけにはまいりませんか」

「それは出来ません」

新吾はきっぱりと言い、

「怪我をした男がほんとうにねずみ小僧かどうかわかりません。それなのに、怪我人にいろいろ問いかけるなんて出来ません」

と、付け加えた。

「そうですか」

半兵衛は困惑した顔をした。

「ねずみ小僧は大名屋敷や旗本屋敷を専門に狙う盗人だそうですね」

「ええ。それも女人ばかりがいる奥を狙っているのです。いつも屋根から天井裏《てんじょう》に入り、座敷に忍び込んでおり、ねずみのようだということからそのような呼び名がついたのです。一回で盗むのは二、三十両。多くても五十両」

半兵衛はさらに続ける。

「出没したのは十年前からです。中には訴えていないところもあるでしょうから、被害にあったお屋敷はかなりの数になると思います。誰も姿を見たものはいないのに、今回、松江藩上屋敷でついに警固の侍に見つかったというわけです」

「賊の目星はついていないのですか」

「ええ。身が軽いことから軽業師、鳶《とび》職、屋根職人など徹底的に調べましたが、決め手はありませんでした」

半兵衛は訴えるように、

「その患者の名前や職業などだけでもわかれば助かります」

「もし、ほんとうにねずみ小僧だとしたら、名前なども偽りを言っているかもしれませんね。それに、その男は浪人と喧嘩になって斬られたと言っていたそうです」

「……」

「幻宗先生は患者が嘘《うそ》をつこうが気にしません。患者の秘密は守り、言いたくないことは言わなくていいという考えですから」

「そうですか」

「ただ、なぜ幻宗先生の施療院に駆け込んだかです。幻宗先生の施療院がどんなところか知っていたのでしょう」

「深川に住んでいる可能性が高いと？」

「幻宗先生の患者は遠くからもやって来ます。他の患者さんから施療院の噂を聞いていたとも考えられます。というのも、あの患者は自分で血止めをしていたそうです。斬られた翌日に、施療院に来ています。斬られたあと家に帰り、自分で血止めをして翌日、施療院に行っています。歩くのは難しいでしょうから駕籠《かご》に乗ったのではないでしょうか」

「そうですな。駕籠を調べてみるのも手ですね」

「駕籠に乗った場所がわかれば住まいを見つけられるのでは。住まいはそこからそれほど遠くないところのはずです」

「わかりました。駕籠を調べてみます」

「私は幻宗先生のところでその男を見かけましたが、十年間も盗人を続けて一度も捕まらなかったという盗人とは思えないほど、平凡な印象の男でした」

「そうですか。でも、かえってそういう男のほうが大胆不敵かもしれません」

礼を言い、半兵衛は引き上げて行った。

新吾はひとりになって、幻宗の施療院で見かけた男に思いを馳せた。

三十過ぎの小柄な男だ。大それたことが出来るようにはとうてい見えなかった。ほんとうにねずみ小僧かどうか。

新吾は興味を抱いた。

四

翌朝、新吾は松江藩上屋敷に赴き、詰所に行くと、すでに麻田玉林が来ていて茶を飲んでいた。

新吾の顔を見て、待っていたように、

「宇津木どの」

と、声をかけて手招きをした。

新吾は玉林のそばに行った。

「聞いたか」

「何をでしょうか」

「ねずみ小僧を斬った警固の侍のことだ」

「いえ。それが何か」

「その侍は湯本善次郎《ゆもとぜんじろう》という若い侍だそうだ」

「湯本どのでしたか」

「知っているのか」

「はい。何度か、お話をしたことがあります」

新吾はがっしりした体つきの侍を思い出した。

「そうか」

「お手柄は湯本さんでしたか」

新吾は讃《たた》えるように言う。

「今はそうではない。ある疑いがかかっているのだ」

「疑い？」

思わずきき返した。

「検診のときに、ご用人どのからこの話を聞いた。男子禁制の奥御殿のほうに、なぜ湯本善次郎がいたのかが問題になっているそうだ」

奥御殿は藩主の寝所、奥方の居間、化粧部屋などがある。奥御殿と別棟になっている長局《ながつぼね》の建屋に奥女中やその下役の女中が住んでいる。

「湯本どのは警固をしていたのでは？」

どこが問題なのかと思った。

「そうだ。いつも警固の侍は表御殿と奥御殿のほうをつなぐ渡り廊下の近くにある詰所にいて、ふたりひと組で定時に庭を見廻っているそうだ」

玉林は声をひそめ、

「ところが湯本どのがねずみ小僧を見つけて斬ったのは夜中の九つ（午前零時）の見廻りが済んで四半刻（三十分）ほど経ったあとだ。居間から三十両を盗み、屋根から庭に下り立ったのを見つけて斬りつけたようだ」

「……」

「ねずみ小僧は奥御殿の屋根から天井裏に忍び込んで居間の金を盗み、また天井裏に戻って屋根から外に出た。そこを湯本どのが見つけたのだが、問題はどうして見廻りではないときに盗人を見つけることが出来たのかだ」

「たまたま詰所の外に出て、屋根の不審な影に気づいたのでは？」

新吾はそのときの情景を思い浮かべた。

「いや。当日は曇り空で月も星も出ていなかった。だから、詰所の近くからでは盗人のいる屋根は暗くて見えない。長局の建屋の近くにいかないと見えないそうだ」

「湯本どのが長局の建屋の近くにいたと？」

「そうだ」

「どうして長局の建屋の近くに？」

「だから、奥女中の誰かに会いに行ったのではないか」

「まさか」

「女中部屋に忍んでいこうとして、たまたま屋根に盗人を見つけたのではないか。その疑いが浮上しているらしい」

「湯本どのは何と言っているのですか」

「奥御殿の屋根に火縄の明かりが見えた。それを確かめに行ったら盗人が屋根から下りてきたと」

「火縄？」

「確かに天井裏では火縄の明かりを頼りに移動するだろうが、屋根に出るときは消すはずだというのが多くの者の意見だ」

「湯本どのには親しい女中がいたのですか」

「まだ、わからない。湯本どのの一方的な想いかもしれないが……」

「で、今、湯本どのは？」

「詮議を受けている。女中のほうも全員調べられている。ほれ、いつぞや公儀の間者が女中に化けて入り込んでいたことがあったではないか。そういうこともあって監視が厳しい。それだけでなく、奉公人同士の色恋沙汰は禁止だからな」

玉林は瞳を輝かせて、

「まさかねずみ小僧がこんな置き土産《みやげ》をするとは罪な盗人だ」

と、口元を綻ばせた。


昼前に、家老の宇部治兵衛が目眩《めまい》がすると訴え、早退したというので、新吾は急いで家老屋敷に行った。

治兵衛はふとんの上に起き上がっていた。

「起きてだいじょうぶなのですか」

「うむ。ちょっと目眩がしたので、大事をとって帰ってきたが、今はなんともない」

「でも、念のために」

新吾は目や顔色、舌の色、脈などを調べたが、特に異常はなかった。

「最近、眠れぬ夜が続いたのでな」

「寝不足のせいかもしれません。きょうはもうお仕事をせずにゆっくりお休みしてください」

「うむ。そうしよう」

「念のためにあとで滋養のお薬をお届けいたします」

挨拶をして引き上げようとすると、

「まあ、待て」

と、治兵衛が引き止めた。

新吾は再び腰を下ろした。

「美濃守さまが隠居なさったそうだ」

治兵衛は口にした。

「そのようですね」

「やはり知っていたのか」

「はい」

「誰にきいた?」

治兵衛はきく。

「鹿島銀次郎です。戸川源太郎と名乗って松江藩を抜け荷の件で強請っていた男です」

「その男と会ったのか」

「はい。突然、私の前に現れました。逃亡していたからでしょうか、目の縁は窪み、頬がこけ、髭が伸びて汚らしい顔になっていました。美濃守さまにも見捨てられたのかもしれません」

「そなたにどんな用があったのだ？」

「それは……」

新吾は言いよどんだ。

「なんだ。はっきり申してみよ」

「はっ」

新吾は頭を軽く下げてから、

「ご家老は、美濃守さまが失脚することがわかっていたのではないかときいてきました」

「……」

「私もそう思っています。ご家老さまは美濃守さまが失脚することがわかっていたのではないでしょうか」

新吾は治兵衛に確かめた。

「そなたがそう思っていることを、潤斎どのから聞いた。そなたは、奥医師の桂川甫賢どのが幕閣の動きを察してわしに伝えたと思っているようだな」

「違うのですか」

「桂川甫賢どのがそこまで知ることはない」

「では、ご家老はなぜ美濃守さまの失脚を知っていたのですか」

「どうして、わしがそれを知っていたと思うのだ？」

「年寄の向川主水介さまを介しての美濃守さまの依頼を、ご家老は平然と無視しました。美濃守さまの失脚を知っていたからではありませんか」

「わしがどうやって知ることが出来るというのだ？」

「鹿島銀次郎は、新しく老中になった鮎川河内守さまと松江藩は繋がりがあるのかときいていました」

「わが殿と河内守さまとはそれほど親しい間柄ではない」

「そうですか」

「わかった。もうよい」

「はっ」

新吾は頭を下げたが、

「ひとつ、お訊ねしたいことがあるのですが」

と、切りだした。

「いつぞや、鹿島銀次郎に襲われた際、私の弟子の勘平という男が銀次郎の手の者に捕まりました。その危機を救ってくださった遊び人ふうの男がおりました。どこのどなたかわかりません。もしや、ご家老が?」

治兵衛の手の者だと銀次郎が言ったのだ。

「知らぬな」

治兵衛は首を横に振った。

「わかりました。では、失礼いたします」

「薬はもうよい」

「ですが」

「そなたと話しているうちに元気になった」

「そうですか」

新吾は家老屋敷を辞去した。

なんとなく腑に落ちなかった。治兵衛の目眩は嘘だったのではないか。新吾を呼ぶための口実ではなかったか。

しかし、新吾に用があるなら呼びつければいいだけのことだ。なにも手の込んだ真似をする必要はない。

そう思ったとき、あっと気づいたことがあった。

治兵衛は鹿島銀次郎のことをききたかったのではないか。治療のついでにきいた体《てい》を装っていたが、実際の狙いは鹿島銀次郎のことだった。いきなり新吾を呼びつけて鹿島銀次郎のことを訊ねれば不審を招く。

だから、こんな手の込んだことを……。しかし、治兵衛が鹿島銀次郎のことをきき出す理由はない。

やはり、考えすぎだろうか。

御殿のほうに向かいかけたとき、長屋のほうに若い侍が俯《うつむ》き加減に歩いて行くのが見えた。湯本善次郎だ。

善次郎は自分の長屋の部屋に入って行った。

新吾は長屋に向かった。

「湯本さん」

戸口で声をかけ、戸を開けた。

善次郎は部屋に座っていた。

「宇津木先生」

「ちょっといいですか」

「どうぞ」

善次郎は上がるように勧めた。

「今は明け番ですか」

「いえ……」

善次郎は俯いてからすぐ顔を上げた。

「控え中なんです」

「控え？　ひょっとして、ねずみ小僧の件で？」

新吾はきいた。

「お聞き及びですか」

「聞きました」

「まさか、こんなことになるなんて思いもしませんでした」

善次郎は暗い顔になった。

「信じてもらえないのですね」

「ええ、私は確かに奥御殿の屋根の上に小さな火の玉を見たのです。それで、そこに駆け付けて屋根から下りてきた盗人を捕まえようとしたのですが……」

善次郎は溜め息をつき、

「中谷《なかたに》に声をかければよかったのですが、あいにく厠に行っていて近くにいなかったのです。それでひとりで行動をしてしまいました」

「中谷嶋太郎《しまたろう》さんですか」

新吾も顔は知っている。

「そうです」

「詰所の近くからでは奥御殿の屋根の上にひとがいても見えないというのはほんとうなのですか」

「はい。月も星もない夜では真っ暗ですから。火の玉を見たと訴えても誰も信用してくれません」

「女中部屋の近くからは見えるのですか」

「そこからでもよほど注意深く見ないとわからないと思います。でも、上役は女中部屋の近くにいたという訴えを信用して……」

「今は調べの最中ですか」

「私と関係ないか、女中をひとりひとり調べているところです。それまで、私はお役も差し止めです」

善次郎は悔しそうに言い、

「でも、私は女中とそんな関係にありませんから」

と、訴えるように言った。

「きっとわかっていただけますよ。それより、盗まれた金を取り戻したのです。お手柄ではありませんか」

「その手柄もふいですよ」

善次郎は顔をしかめた。

「盗人はどのような特徴でしたか」

「頬被りをしていて顔はわかりませんが、小柄で細身でした」

「他に何か手掛かりになるようなことは？」

「なにぶん暗かったので」

「そうですか。ところで、このことは奉行所に知らせたのですか」

「いえ、知らせたというより、知られたようです。おそらく、中間か誰かが外に漏らしたのでしょう」

「奉行所の同心から盗人についてきかれたのですか」

「いえ、私はきかれていません。どなたかが対応したのだと思います」

「そうですか」

「宇津木先生。何か」

善次郎は訝しげにきいた。

「盗人の左腕を斬ったそうですね」

「そうです。背後から」

「奉行所が町医者に左腕を斬られた男を治療したことはないかと聞き込みをかけているのです」

「それで宇津木先生も御存じなのですね」

善次郎はひとりで納得した。

「ねずみ小僧は十年間も盗みを続けながら一度も捕まったことがないそうです。姿を見た者もいないとのこと。今回がはじめてのことだそうです」

「たいした盗人のようですね」

「ええ。では、私は、これで」

新吾は挨拶してから立ち上がった。

その夜、新吾は幻宗の施療院に行き、診療の終わった幻宗といつもの濡縁（ぬれえん）で会った。

「先生、次郎吉さんのことですが」

湯呑みの酒を呑みはじめた幻宗に、新吾は声をかけた。

「先日、松江藩上屋敷に盗人が入りました。が、三十両を盗んで逃げるとき、湯本善次郎という警固の侍に見つかり……」

新吾は経緯を語った。

「湯本どのは盗人の左腕を背後から斬ったそうです。その後、湯本どのはあらぬ疑いをかけられています」

幻宗は不機嫌そうに聞いている。

新吾は構わず続ける。

「次郎吉さんがその盗人かどうかわかりませんが、その可能性はあります。決して奉行所に突き出そうとは思いませんが、湯本さんの名誉のためにも、御殿の屋根の上で火縄の明かりを使ったかどうかを確かめたいのです」

「ここは治療する場だ。取り調べをするところではない」

幻宗は言下に言った。

「わかっております。ただ……」

「新吾」

幻宗は強い声で言う。

「たとえそうだったとして、次郎吉がほんとうのことを言うと思うか。自分が盗人だと認めるはずがない」

「……」

「奉行所の者が次郎吉に疑いを向けていることは知っている。だが、あの男にとっていま必要なのは傷を治すことだ」

「はい」

「それから医者がひとを糾弾《きゅうだん》するような真似をするべきではない」

「でも、先生」

新吾は反発を覚え、

「次郎吉が凶悪なひと殺しであったとしても治療に専念させるのですか。場合によっては、突然暴れ出し、施療院にいる者に危害を加えることがあるかもしれません」

「次郎吉はまだ暴れることは出来ぬ」

「もし、奉行所の捕り方がこの施療院を取り囲んだら、次郎吉は誰かを人質にとって抵抗するかもしれません」

「その心配はない」

「どうして、そう言えるのですか」

新吾は問い返した。

幻宗が不思議そうな表情を向けた。

「何かあったのか」

「えっ？　どういうことですか」

「いやにつっかかってくるではないか」

「そんなことありません。ただ、先生の考えに同意出来ないのです」

「……」

「湯本善次郎は女中部屋に忍んで行こうとしたという疑いをかけられているのです。もし、それが事実ならば処分されるでしょう。しかし、湯本どのは否定し、奥御殿の屋根に火縄の明かりを見たと言っています。それがほんとうかどうか、盗人しかわかりません。だから、そのことを確かめたいだけなのです」

「だから、無駄だと言ったはずだ。自分が盗人だと認めるような発言はしまい。それから、自棄《やけ》になって施療院内で暴れるかもしれないということだが、それだけの体力が戻ったかどうかは見極めている。ともかく、医者の前ではどんな患者も同じだ」

「……」

「湯本善次郎の件だが、屋根の上の盗人が火縄を使ったかどうかを気にしているが、いったい、長局の建屋の近くからでないと屋根の上のひと影が見えないと言い出したのは誰なのだ？」

「……」

「まるで難癖《なんくせ》のような訴えではないか。湯本善次郎の名誉のためなら、そのことも調べる必要があろう。湯本に手柄をとられるのが面白くない者がいたのかもしれない」

「そういえば……」

新吾ははっとした。

屋根に火の玉を見たとき、朋輩《ほうばい》の中谷嶋太郎は厠に行ってそばにいなかった。だから、ひとりで確かめに行ったのだ。

中谷嶋太郎は湯本善次郎の活躍をどう思っていたのか。

「確かに先生の仰るとおりです」

新吾は素直に認めた。

幻宗は口元を綻ばせた。

「新吾。そなたも成長した」

「えっ？」

「なんでもわしの言うことを聞いていたのに歯向かうようになった」

「とんでもない。歯向かうだなんて」

「いや。堂々と異を唱えることが出来るのは大事なことだ。いつもわしの言っていることが正しいとは限らぬ」

「恐れ入ります。でも、先生には遠く及びません。今も自分の未熟さを思い知ったところです」

「そうだ、新吾。ちょっと手伝ってくれぬか」

「はい。なんなりと」

「次郎吉の容態を見てきてもらいたい」

「えっ。次郎吉さんの」

新吾は声を上げた。

「そうだ」

幻宗は手を叩いた。

おしんがやって来た。

「すまぬが、新吾に次郎吉の傷の具合を確かめてもらう。案内してやってくれ」

「わかりました」

「先生」

新吾は幻宗を見た。

「行ってこい」

「ありがとうございます」

新吾は勇躍して立ち上がり、おしんとともに次郎吉が養生している部屋に向かった。

五

おしんが声をかけると、次郎吉は目を開けた。

横にいる新吾を見て、次郎吉は起き上がろうとした。

「あっ、そのままでいいんですよ」

おしんがあわてて言う。

「いえ、だいじょうぶです」

次郎吉は右手を支えにして体を起こした。

「こちら宇津木先生です」

おしんが引き合わせる。

「宇津木新吾です」

「あなたが宇津木先生ですか。幻宗先生からお話を聞いています」

「先生から？」

「はい。今は松江藩で番医師をなさっているとか」

「そんなことまで、先生はあなたに？」

「ええ。何かあったら、宇津木新吾を頼れと仰っていました」

「そうですか、先生が……」

口ではあのように言いながら、いつか新吾が次郎吉のことで何か言ってくるだろうと思い、幻宗はお膳立てをしていてくれたのだ。

「傷はいかがですか」

「へえ。もうだいぶいいです」

次郎吉は小さな顔を向けて言う。

素朴な顔だちだった。人懐《ひとなつ》っこそうな笑みを浮かべた。十年間も盗みを続けながら一度も捕まったことがないという希代の盗人の面影はない。

「痛みはどうです？」

「動かすと痛いですけど」

「でも、災難でしたね。浪人に斬られたとか」

「ええ。問答無用に斬りつけてきました」

次郎吉は平然と言う。

「次郎吉さんのお住まいはどこなんですか」

「元鳥越町《もととりごえ》です」

「元鳥越町……」

元鳥越町なら松江藩上屋敷から近い。

「何をやられているのですか」

「鍋、釜修理の鋳掛《いか》け屋です」

「そうですか。お家の方は次郎吉さんがここにいることを御存じなのですか」

「独り者ですから」

「そうですか」

あまり詮索《せんさく》して怪しまれてもいけないので、

「では、私はこれで」

と、新吾は立ち上がった。

「あっ、宇津木先生」

次郎吉が呼び止めた。

「なにか」

新吾は再び腰を下ろした。

「松江藩上屋敷に盗人が忍び込んだって聞きました。なんでも警固の侍に左腕を斬られたとか」

「誰からそのことを？」

「通いの患者が話しているのが耳に入ってきたんです。ほんとうですか」

「ええ。ほんとうです」

「不思議ですね。同じ日の夜に左腕を斬られた男がふたりもいるなんて」

次郎吉は落ち着いた口調で言ってから、

「でも、困ったな」

と、表情を曇らせた。

「あっしがその盗人と間違われそうですね」

「でも、警固の侍が斬ったのはほんとうに左腕だったか証はありませんからね。左肩かもしれませんし、あるいはかすり傷程度だったかもしれません。仮に疑われても、正直に話せば何の問題もないでしょう」

「そうですよね」

次郎吉はにっこり笑った。

もし、この男がねずみ小僧ならなんと豪胆なことか。

「そうそう、賊を斬った警固の侍は、そのことで苦境に陥ってしまったようです」

「苦境に？」

「ええ。警固の侍が奥御殿の屋根の上の賊を見た場所が問題になりましてね。警固の侍は詰所の外から屋根の上にいる賊を見たと言っているのですが、そこからでは暗くて屋根の上に誰がいるかわからないというのです。長局の建屋の近くから見たのではないかという疑いが生じたそうです。つまり、女中部屋に忍んで行こうとしたところだったのではないかと」

「でも、詰所の近くからはほんとうに見えないのですか」

「当夜は月も星も出てなく、真っ暗だったので屋根の上にひとがいるかどうかわからなかったようです。ただ、警固の侍は屋根の上に火の玉を見たそうです。火縄の明かりです」

「……」

「盗人のことそっちのけで、今は警固の侍が賊をどこで見たかで騒いでいます」

次郎吉の顔色が微かに変わったのに気づいた。やはり、火の玉を見たという湯本善次郎の言葉はほんとうのような気がした。

次郎吉はねずみ小僧だと、新吾は確信した。

「よけいなお話をしました」

新吾は言い、改めて挨拶をして立ち上がった。

次郎吉は微かに会釈《えしやく》をしたが、その目はどこか遠くを見ているようだった。


翌朝、新吾は小舟町の家を早めに出、浅草《あさくさ》御門を抜けて元鳥越町にやって来た。

勘平が長屋ごとに聞き回って、次郎吉の住まいがわかった。

そこの長屋木戸を入り、路地にいた小肥りのかみさんに次郎吉の住まいをきいた。

「次郎吉さんはしばらく帰っていませんよ」

「どこに行ったか御存じですか」

「さあ、わかりません」

「心配では？」

「ときたま、大山《おおやま》参りだとか、箱根《はこね》に湯治だとかで留守することがありますから。そのうち、ひょっこり帰ってきますよ」

「次郎吉さんが大怪我をして帰ってきたことはありませんか」

「怪我？　いえ」

かみさんは首を横に振った。

「そうですか。次郎吉さんは独り身だそうですね」

「そう、独り者」

「鋳掛け屋だそうですね」

「ええ」

次郎吉の話はほんとうのようだ。

木戸を納豆売りが入ってきた。

「待っていたわよ」

かみさんは納豆売りのほうに向かった。

新吾は引き上げた。木戸口でシジミ売りと擦れ違った。

鳥越神社の前を過ぎ、武家地を通り、三味線《しゃみせん》堀に出て、松江藩上屋敷についた。

新吾は御殿の玄関から入り、番医師の詰所に行った。麻田玉林の姿はなかった。検診にまわっているのだろう。

検診は玉林の役目だった。

しばらく経って、近習医の花村潤斎に呼ばれた。

「失礼します」

新吾は部屋に入った。

「長英に会ってきたか」

いきなり、潤斎はきいた。

「はい」

「いかがであった？」

「勉強会に一度遊びにこないかと誘われました。いえ、その仲間に入るというのではなく、川路聖謨さまに引き合わせたいと」

「川路聖謨？」

「はい。川路さまはたいそうな勉強家で、誠実で人柄もよく、付き合って損のないお方だからと」

「勉強会の仲間のことは聞かなかったか」

「はい。何も」

仲間にはシーボルトの『鳴滝塾』を出たひとたちがたくさんいると言っていたが、そのことは口にしなかった。

「まあ、一歩前進だ。川路どのと親しくなるのはいいことだ」

「はあ」

「なるたけ早く、川路どのと懇意になるように」

「はあ、折りを見て」

新吾はいつ行くという明言を避けた。

川路聖謨に会いたい気持ちは強いが、潤斎の間者のようになる気はなかった。

「よろしい」

もう下がっていいということだ。

「失礼します」

新吾は腰を上げた。

詰所に戻ったが、まだ玉林は戻っていなかった。

玉林が戻ってきたのはそれから四半刻（三十分）後だった。

昼になって、葉島善行《はじまぜんこう》というもうひとりの番医師がやって来た。善行はいつもは昼から詰めることになっている。三十代半ばで、顔が小さく顎が尖っている。

「それでは私は」

新吾はふたりに挨拶をして詰所を出た。

玄関を出て、まっすぐ湯本善次郎の長屋に向かった。勘平もついてくる。

善次郎の長屋に着くと、戸を開けて声をかける。

「失礼します」

「宇津木先生」

善次郎はふとんから起き出した。

「起こしてしまいましたか」

「やることがないから寝そべっていただけです」

善次郎は自嘲ぎみに言う。

「その後、進展はありましたか」

「いえ。相変わらず、女中が調べられているようです。女中もいい迷惑でしょうね」

「そのことですが」

新吾は上がり框に腰を下ろし、

「ちょっとお訊ねしたいのですが、詰所からでは御殿の屋根の賊はわからないはずだと言ったのはどなたですか」

と、きいた。

「いっしょに警固をしていた中谷嶋太郎でしょう」

善次郎は眉根を寄せて言う。

「なぜ、中谷さんはそんなことを訴えたのでしょうか」

「さあ。でも、それはほんとうのことですから」

「そのとき、中谷さんは厠に行っていたそうですね」

「ええ、腹の具合がよくないと言って」

「腹の具合?」

「下痢ぎみだと言ってました」

「今、中谷さんはどうしていますか」

「通常どおり、お役目を続けています」

「そうですか」

「何か」

「いえ、なんでもありません」

「宇津木先生は、私が盗人を見つけた手柄に対して中谷がやっかみからあんなことを言い出したと考えているのではないですか」

「ええ、まあ」

適当に言い訳をして、新吾は湯本と別れ、土間を出て行った。

やっかみ程度なら些細なことだ。新吾が気になったのは鹿島銀次郎のことだ。家老の宇部治兵衛が美濃守の失脚を知っていたのではないかと、銀次郎は疑い、そのわけを知りたがっていた。

その件と結びつけて考えてしまったのだ。中谷嶋太郎はほんとうに厠に行っていたのか。ほんとうは別の場所に行っていたのでは……。

考えすぎか、と新吾は苦笑して、待っていた勘平とともに上屋敷を出た。

新吾は元鳥越町にもう一度向かった。

次郎吉の長屋に行くと、今朝会ったかみさんが井戸端で大根を洗っていた。

「もし」

新吾は声をかけた。

「あら、今朝の……」

かみさんは大根を持ったまま立ち上がった。

「すみません。また、次郎吉さんのことで」

新吾は切りだした。

「次郎吉さんがいつからいなくなったか、覚えていませんか。一月末はいたでしょうか」

「一月末ですか」

かみさんは首を傾げた。

「そう。確か、次郎吉さんは夜出かけた切りだったわ」

「夜に出かけたのですか」

「ええ。五つ（午後八時）ごろだったかしら。晦日だからうちの亭主は支払いで駆けずりまわって五つごろ帰ってきたんです。そうしたら、次郎吉さんと木戸口で擦れ違ったって言ってました」

「どこに行ったんでしょう？」

「手慰みでしょう」

「賭場《とば》ですか」

「ええ」

「で、その日から、次郎吉さんは帰っていないのですね」

「そうです。なにしろ、気ままなひとですから」

そのあと、大家が出て来たので、新吾は次郎吉のことをきいた。

でっぷり肥った大家は苦笑して、

「まあ、気ままな男です。そこそこ稼ぎが貯まると、しばらくどこかに行っている。大山《おおやま》参りだとか鹿島《かしま》神宮だとか言っていますが、どうでしょうか」

「というと」

「確かに信心深い男ですが、そうそうお参りに行くのはおかしい」

大家は真顔になって、

「あの男にはもうひとつ別に住まいがあるんじゃないか。そんな気がしているんですよ」

「もうひとつの住まいですか」

「私の勝手な想像ですがね」

「もうひとつですか」

「ところで、次郎吉が何か」

「ええ、ちょっとお訊ねしたいことがあってやって来たのですが、別にたいした用事ではありません。また、しばらくしたら来ます」

大家は何かききたそうだったが、新吾は礼を言い、木戸に向かった。

もうひとつ別に住まいか。新吾は謎に満ちた次郎吉の暮らしに思いを馳せながら、蔵前《くらまえ》から浅草御門に差しかかった。

浅草橋を渡っていると、大川のほうが騒がしかった。舟がたくさん出ている。

「先生、ちょっと見てきます」

勘平が走って行った。

橋の欄干《らんかん》に寄って大川のほうを見た。水死人が上がったのかもしれないと思った。

やがて、勘平が戻ってきた。

「大川に漂っていた土左衛門を引き上げたところでした」

「男か女か」

「男のようです。裁っ着け袴を穿いていて、お侍のようだと」

「裁っ着け袴？」

脳裏を、鹿島銀次郎の顔が掠めた。

「ちょっと行ってみる」

新吾は大川に向かって急いだ。勘平が驚いてついてきた。

第二章　失脚の黒幕

一

新吾は柳橋《やなぎばし》を渡った。水死人は陸《おか》に上げられていた。

町役人たちの中に、同心の津久井半兵衛を見つけた。新吾は半兵衛に声をかけた。

「津久井さま」

「宇津木先生」

半兵衛は振り返った。

「水死人だと聞いて……」

駆け付けたほんとうの理由は言わず、

「溺れたのですか」

と、きいた。

「いえ。ご覧ください」

半兵衛は厳しい顔で言った。

「失礼します」

新吾は亡骸《なきがら》の前に行った。

しゃがんで、手を合わせてから亡骸の顔を見た。髪が乱れ、額に張りついていた。一昼夜は水に浸かっていたようだ。

何度も見返し、思わずあっと声を上げそうになった。頬の肉が落ち、窶れた顔は先日会った鹿島銀次郎に間違いなかった。

首から胸、そして腹に刀傷がある。

「斬られていますね」

新吾は立ち上がって言う。

「殺されたのは昨夜ですね」

「屋形船の船頭が神田《かんだ》川近くの岸に流れ着いたのを見つけたのです。上流から流れてきたのでしょうが、どの辺りになりましょうか」

「昨日の夜からだとすると、吾妻《あづま》橋よりもっと上手からかもしれませんね」

「橋場《はしば》辺り。もっと上手だと千住《せんじゅ》大橋ですか」

半兵衛は呟《つぶや》く。

「水は呑んでいないようですから斬られて殺されたあと、川に放り込まれたか、斬られながら川まで逃げて事切れたか」

新吾は想像した。

「身許を示すものは持っていましたか」

「いえ。漂流中に持ち物はすべて流されてしまったようで、何もありませんでした」

「そうですか」

新吾は、男の名が鹿島銀次郎だということを言わなかった。関係を説明出来ないし、老中を罷免された板野美濃守の手の者だと告げても、美濃守は否定するはずだ。

「運びますかえ」

岡っ引きの升吉が半兵衛にきいた。

「うむ、運べ」

「へい」

銀次郎の亡骸は戸板に乗せられて、橋番屋《はしばんや》に運ばれて行った。

「では、私は」

新吾は引き上げようとした。

「宇津木先生。駕籠屋を当たったのですが、左腕を怪我した男を運んだという駕籠かきは見つかりませんでした」

ねずみ小僧のことだ。

「そうですか」

「あとは幻宗先生の施療院から出てくる男を待ち構えて捕まえるだけです」

半兵衛は強い口調で言った。

新吾は勘平とともに両国広小路《りょうごくひろこうじ》を横切り、横山《よこやま》町方面に向かった。

鹿島銀次郎が殺された。信じられないことだ。自分たちの企みが失敗に終わり、さらに美濃守の失脚と銀次郎にとっては落ち目だった。その落魄ぶりは別人のような姿になっていたことでもわかる。

だが、銀次郎から気力は失せていなかった。自分たちの企みの失敗は家老の宇部治兵衛の裏切りのせいだと、銀次郎は思っていた。美濃守の失脚を知って、治兵衛は身を引いた。なぜ、治兵衛は美濃守の失脚を知っていたのか。銀次郎はそのことを知ろうとしていた。

幻宗の施療院の帰りに新吾を待ち伏せていた銀次郎とのやりとりが蘇った。

「奥医師は大奥に入ることが出来る。桂川甫賢はそこで美濃守さまのことを耳にした。その話が花村潤斎まで伝わり、潤斎から宇部治兵衛に話が行った……」

「でも、桂川甫賢さまは美濃守さまと松江藩との関係を知らないはずです。美濃守さまのことをご家老に知らせる理由がありません」

「美濃守さまに替わって、鮎川河内守さまが老中になったが、鮎川さまと松江藩は繋がりがあるのか」

「いえ、聞いたことはありません」

「すると、やはり……」

そうだ。銀次郎は何かに気づいたのだ。そのことを調べていたのではないか。

「先生、どうかしたのですか」

勘平がきいた。

「ずいぶん怖い顔をしていました」

「勘平。さっきの亡骸は鹿島銀次郎だ」

「鹿島銀次郎？」

「いつぞや、浪人に襲われたことがあったな」

「はい」

「あのときにいた男だ」

「あんな恐ろしい男が川で溺れるなんて」

「殺されたのだ。刀傷が複数あった」

「殺しですか」

勘平は目を剝いてきいた。

「そうだ。誰に何のために殺されたのかはわからぬ」

「……」

「勘平。このことは誰にも言うな。いいな」

「わかっています」

勘平は大きく頷いてから、

「でも、また先生に何か危害が……」

と、不安そうに言う。

「その心配はない」

新吾は勘平を安心させるように言った。

やがて、小舟町の家に着いた。

それから、新吾は患者の治療に当たった。

翌朝、新吾は松江藩上屋敷に着くと、家老屋敷に宇部治兵衛を訪ねた。

治兵衛は朝餉《あさげ》のあと、自分の居間で書物を読みながら、出仕までを過ごす。新吾の来訪に、治兵衛はいやな顔をせずに居間に通してくれた。

「何かあったのか」

治兵衛は新吾の顔色を見て言う。

「ご家老さま。昨日、鹿島銀次郎の亡骸が見つかりました」

新吾は亡骸が大川に浮かんでいたことを話した。

「鹿島銀次郎には複数の刀傷がありました。殺されたのです」

「自業自得だな。目論見《もくろみ》が失敗し、仲間割れでもしたか」

治兵衛は冷たく言う。

「いえ。鹿島銀次郎は、ご家老が美濃守さま失脚を事前にわかっていたのではないかと疑っていました」

「無駄なことを」

「いえ。鹿島銀次郎はそのことで何かに気づいたようなのです。それで調べはじめたのです。そのことが殺された理由だと思います」

「何を調べはじめたのだ？」

「わかりません。何に気づいたのか、何も言ってくれませんでした」

「そうか」

治兵衛は難しい顔をした。

「ご家老には心当たりはありませんか」

「わしにあるはずない」

「老中になった鮎川河内守さまは松江藩と繋がりがほんとうにないのでしょうか」

「ない」

「河内守さまと嘉明公が親しいということは？」

「登城の折りに挨拶程度は交わすだろうが、殿から河内守さまの話を聞いたことはない」

「そうですか」

「それに、今、殿は国表にいらっしゃる。殿がいないのに河内守さまと繋がりを持つことなどありえない」

治兵衛がどこまでほんとうのことを言っているのかわからないので、これ以上質問をしても無駄だった。

「わかりました。よけいなことを申し上げました」

新吾は頭を下げた。

「美濃守さまが失脚し、美濃守さまの手足となって暗躍していた鹿島銀次郎が死んだことで、晴れて抜け荷に関する一連の騒動は終息したと言える。これで一安心だ」

「はあ」

「そろそろ出仕せねばならぬ」

「はい、申し訳ありませんでした」

新吾は辞去した。

番医師の詰所に行くと、麻田玉林の姿はまだなかった。

新吾が勘平がいれてくれた茶を飲んでいると、玉林がやって来た。毎朝の検診を済ませてきたようだ。

新吾の前に座るなり、玉林は口を開いた。

「宇津木どの。また、妙なことになった」

「どうしたのですか」

湯本善次郎のことだと思ったが、新吾はとぼけてきいた。

「湯本善次郎が自分の嘘を認めたそうだ」

「どういうことですか」

「長局の建屋の近くまで行ったときに、屋根の上の賊に気づいたと白状したそうだ」

「なんですって」

新吾は耳を疑った。

「やはり、女中部屋に忍んで行こうとしたらしい」

「ほんとうに湯本どのはそう言ったのですか。湯本どのの意に反してそのように決めつけられてしまったのでは？」

「いや、湯本善次郎が白状したということだ」

「信じられません」

「盗人を見つけた手柄で、女中部屋に忍び込もうとしたことはなかったことにするという条件を出したら、あっさり認めたということだ」

玉林は湯呑みを口に運び、うまそうに茶を飲んだ。

玉林は重役のひとりと気が合うようで、いろいろな噂を聞いてくる。

「それで、湯本どのは元のお役目に復帰することになったのですか」

「そうだ」

「……」

新吾は腑に落ちなかった。

湯本善次郎は真顔で火の玉を見たと言っていた。あの表情に嘘はなかった。

新吾は立ち上がった。

「どうした？」

「ちょっと」

新吾は曖昧《あいまい》に言い、詰所を出て、表長屋の善次郎の部屋に行った。

戸を開けて呼びかけたが、返事はなかった。

「湯本さん」

もう一度呼んで土間に入った。だが、部屋の奥にも善次郎の姿はなかった。もうお役目に復帰したのかもしれない。

新吾は土間を出た。すると、善次郎がこちらに向かってくるのがわかった。

善次郎が新吾に気づき、いったん足を止めたが、すぐに向かってきた。

「湯本さん。ちょっと耳にしたのですが、火の玉を見た件……」

「すみません。そのことならもう済みました」

「どう済んだのですか」

「すみません。すぐに行かなくてはならないので」

湯本の態度は昨日と違っていた。

「なぜ、ですか」

新吾は問いつめるようにきいた。

「……」

湯本は何も答えず、戸を開けて中に入り、新吾を拒絶するように戸を閉めた。

新吾は茫然《ぼうぜん》とした。善次郎の態度から、玉林が聞いてきた話はほんとうだと思わざるを得なかった。

いったい何があったのだ。

新吾は詰所に戻った。

玉林は薬研《やげん》を使って薬の調合をしていた。

「どうした、暗い顔をして？」

手を休め、玉林がきいた。

「なんでもありません」

「ならいいが」

玉林は言い、薬研で薬種を潰す作業を続けた。

新吾は改めて善次郎のことを考えた。

言うことをきかなければ、女中部屋に忍んで入ったことで罰すると脅されたのだ。誰に言われたのだろうか。

「玉林さま」

新吾は声をかけた。

「なんだ」

「先ほどのお話ですが、どなたが湯本善次郎どのを調べたのでしょうか」

「上役だろう」

玉林は手を止めて顔を向けた。

「なぜ、こだわる？」

「いえ。ただ、不思議な話だと思って。女中部屋に忍んで行ったことにしたいわけでもあったのでしょうか」

「どうでもいいことだ」

玉林は切り捨てるように言った。

「そうですね」

新吾はそう答えたが、何か重大なことが隠されているような気がした。

二

その日の昼過ぎ、新吾は松江藩上屋敷を出て、向柳原《むこうやなぎはら》から新シ橋に差しかかった。

橋の袂に、物乞いの男が座っていた。通る者から喜捨《きしゃ》をねだっているようではなく、ただ休んでいるように思えた。

新吾はその前を行き過ぎようとしたとき、

「宇津木先生」

と、声をかけられた。

驚いて立ち止まり、

「あなたは？」

と、新吾は物乞いの前に立った。

「鹿島銀次郎の下で働いていた者で、冬二《ふゆじ》って言います」

「鹿島どのの？」

「へえ。松江藩を脅迫した仲間でした。下っ端でしたが」

髪はぼさぼさで髭面《ひげづら》だが、顔は若そうだった。

「鹿島銀次郎が殺されました」

「ええ、驚きました」

「鹿島銀次郎は宇津木先生に会いに行くと言ってそのまま帰ってきませんでした。どんな話をしたのでしょうか」

冬二は座ったまままきいた。

「鹿島どのは、美濃守さまが老中を罷免されたことを気にしていました」

「どう気にしていたのでしょうか」

「松江藩が美濃守さまの失脚を事前に知っていたのではないかと疑っていました」

「そのことはどうなんですか」

「それはあり得ません」

ふと、新吾は警戒した。この男はほんとうに銀次郎の仲間だったのか。

「鹿島どのはずいぶん窶れていました。どこか悪かったのではありませんか」

新吾はきいた。

「腹に腫れ物が出来ていたようです」

「腫れ物?」

やはり、あの痩せようは尋常ではない。

「銀次郎は病を押してまでなにをしようとしていたのでしょうか」

新吾は疑問を呈した。

「先生は心当たりはありませんか。銀次郎が何をしようとして、誰に殺されたのか」

冬二はきいた。

「あなたのほうが知っているのではありませんか。仲間なんでしょう」

「あっしには何も言いませんでした」

「あなたは、それを知ってどうなさるおつもりですか」

「銀次郎がなぜ殺されたのか知りたいのです」

「鹿島どのは美濃守さまの家来ではないのですか」

「浪人ですよ。裏の仕事をするために、美濃守さまに雇われたのです。美濃守さまが失脚して縁が切れたんです」

「松江藩の脅迫には何人もの仲間がいましたね。あの仲間は鹿島どのが集めた者たちですか」

「そうです」

「しかし、鹿島どのは仲間まで平気で犠牲にしてきた。あなたはよくだいじょうぶでしたね」

「あっしはまだ使い走りでした」

何かを探るために、銀次郎を殺した一味が遣わしたのではないかと疑ったが、銀次郎のことに詳しく、偽りとも思えなかった。

「美濃守さまの目論見が破れたとき、鹿島どのと美濃守さまとの縁は切れたのですか」

「切れました。でも、銀次郎はどうして計画が破れたのか、そのことを気にしていました。だから、宇津木先生に会いに行ったのです」

「私は知りません。ただ、鹿島どのは私と話していて何かに気づいたようでした。美濃守さまに替わって老中になった鮎川河内守さまと松江藩の繋がりは聞いたことがないというと、鹿島どのはやはりと呟きました」

「そうですか」

冬二は頷き、

「わかりました。もう少し調べてみます」

と、言った。

「何を調べるのですか」

新吾はきく。

「銀次郎は大川の上手から流れてきました。橋場のほうか千住大橋からか。その辺りで、銀次郎を見かけた者がいないか捜してみます」

冬二はゆっくり立ち上がった。

「すみません、呼び止めてしまって」

「あなたに会いたいとき、どこに行けば会えますか」

新吾はきいた。

「必要ならば、あっしから小舟町のお家を訪ねます」

「鹿島どのも同じことを言ってました」

「……」

「何かわかったら、私のほうも逸早くお知らせします」

「へえ」

冬二は迷ったが、

「浅草阿部川《あべかわ》町の平兵衛店《へいべえだな》です」

と、言った。

「阿部川町の平兵衛店ですね」

確かめてから、新吾は口にした。

「鹿島どのの亡骸をどうするつもりですか」

「……」

「このまま無縁仏に？」

「引き取れば、いろいろきかれて、困ったことになりかねません。それに銀次郎はよく言ってました。俺たちはいつか野垂れ死にするだけだって」

「そうですか」

「でも、無事に銀次郎の仇をとれたら供養してやりたいと思います」

そう言い、冬二は神田川の上流に向かって歩きだした。

その日の夕方、新吾は幻宗の施療院に行った。

まだ患者はたくさん待っていた。

おしんが出てきて、

「いらっしゃい」

と、強張《こわば》った顔で言う。

「次郎吉さんに何かありましたか？」

「昼過ぎに出て行きました」

「出て行った？　まだ傷は治りきっていないでしょう」

「ええ。あとは通うからと。でも」

おしんは息を継いで、

「外に出たところで、岡っ引きの親分さんが待っていて、連れて行かれたようです」

「升吉親分ですか」

「そうです」

「すみません。また、来ます。先生によろしくお伝えください」

新吾は常盤町の自身番《じしんばん》に顔を出したが、岡っ引きの升吉は来ていなかった。

大番屋かもしれないと思い、新吾は永代橋を渡り、霊岸島《れいがんじま》から南茅場《みなみかやば》町の大番屋にやって来た。

戸を開けると、座敷の上がり框に腰を下ろしていた津久井半兵衛と升吉が顔を向けた。半兵衛は煙草《たばこ》を吸っていた。

「宇津木先生」

半兵衛が驚いたようにきいた。

「幻宗先生のところに行ったら次郎吉さんを連れて行ったと聞きまして」

新吾は説明したが、次郎吉がいるような様子はなかった。

「次郎吉さんはどうしたのですか」

「帰した」

「帰した？」

「ねずみ小僧だという証はなかった。それに、十年間も盗みを働き続けたにしては、あの男は迫力にかける」

半兵衛が首を横に振る。

「あの男はたいしたことの出来るタマじゃありませんぜ」

升吉も同じように言う。

「そうですか。では、左腕の怪我については？」

「深川の岡場所《おかばしょ》で、浪人と喧嘩になって斬られたそうだ。浪人はそのまま逃げてしまったのでわからないということだ」

「でも、不思議ですね。同じ日の夜に、左腕を怪我した男がふたりも出るなんて」

「確かに不思議です。でも、そういう偶然もあるのでしょう」

半兵衛はあっさり言う。

「そうだとすると、ねずみ小僧は怪我の手当てをどうしたのでしょうか」

新吾はさらに疑問を口にした。

「それほど深い傷ではなかったのかもしれませんね。だから、隠れ家で自分で手当出来たのかもしれません。なにしろ、ねずみ小僧を斬ったという警固の侍にも会えないのですから。ほんとうに左腕だったかも、こっちははっきりわかっていないのです」

「なるほど」

「松江藩上屋敷で探索が出来ないのが痛いですね」

半兵衛は悔しそうに言う。

次郎吉はねずみ小僧ではないと明らかになったようだ。新吾はすっきりしなかったが、次郎吉にとって疑いが晴れたのは喜ばしいことだ。

「津久井さま」

新吾は思いついてきいた。

「昨日の大川から引き上げられた亡骸について何かわかりましたか」

「いえ、いまだに身許がわかりません」

半兵衛は眉根を寄せた。

「橋場辺りを、あっしの手の者が聞き込みをかけているんですが、今のところ何も……」

「そうですか」

「明日以降になれば何か動きがあるのではないかと思っているのですが。殺されて三日になれば、さすがに周辺の者たちがいなくなったことに気づくでしょう」

「そうですね」

新吾はそう応じたが、それは期待出来ないと思った。

たとえ鹿島銀次郎だとわかったとしても、亡骸の引き取り手はいないのだ。可哀そうだが自業自得だ。

だが、銀次郎の仇を討ってやりたいという気持ちは強い。

新吾はふたりに挨拶をして大番屋をあとにした。

江戸橋を渡り、伊勢町《いせちょう》堀に出て、小舟町の家に帰ってきた。

順庵が出てきて、

「新吾が出かけたあと、次郎吉さんというひとがやって来た」

「次郎吉さんが？」

「幻宗どののところで療治をしていたそうだな。これからは宇津木先生に診てもらうように幻宗どのに言われたそうだ」

「そうですか」

まだ完全には傷は治りきっていないはずだ。元鳥越町から深川に通うよりここのほうがいくぶん近いかもしれない。

夕餉を摂り終わって居間に戻った新吾は香保にきいた。

「漠泉さまはまだその気になってくれないか」

「ええ」

「表御番医師ともなれば、煩わしい人づきあいが待っている。それがいやなのはわかるが、漠泉さまはまだ老け込む歳ではないしな」

「新吾さんに負担をかけたくないんだと思います」

「私の負担などたいしたことはない。そんな気遣いは不要だ」

長崎遊学から帰って、はじめて漠泉を見たとき、なんともいえぬ輝きに圧倒された覚えがある。幻宗とはまた別の風格を感じたものだ。あのときは表御番医師として精力的に仕事をしていた。再び、あのときの漠泉に戻ってもらいたいのだ。

「そのうち、ふたりでお会いしに行こう」

「はい」

そのとき、ごめんという声が戸口から聞こえた。

「どなたかお見えになったようですね」

香保が言う。

襖の外に義母の声がした。

「間宮さまがお見えですよ」

「間宮さまが……」

公儀隠密の間宮林蔵だ。

何用かと思いながら、新吾は部屋を出た。

土間に林蔵はいなかった。

新吾は外に出た。堀のそばに饅頭笠に裁っ着け袴の林蔵が立っていた。鹿島銀次郎が同じ格好をしていたことを思いだしながら近づく。

「夜分にすまなかった」

林蔵が詫びた。

「いえ」

林蔵の用向きが気になり、思わず身構えた。

「昨日、大川で男の死体が見つかったな」

「はい」

「あの男は誰だ?」

「なぜ、そのようなことを？」

「ちょっと気になることがあってな」

「気になることですか」

新吾は眉根を寄せてから、

「鹿島銀次郎です」

と、口にした。

「やはり、そうか」

林蔵も鹿島銀次郎のことは知っていた。

「どうして鹿島銀次郎だと思ったのですか」

「そなた。昼間、新シ橋の袂で物乞いの男と話していたな」

「どうしてそれを？」

「そなたを待とうとしたら、物乞いの格好をした男がいた。様子を見ていたら、そなたがやって来た」

「声をかけられました」

「鹿島銀次郎の仲間か」

「そうです。冬二と名乗りました」

「なぜ、そなたに？」

「その前に、鹿島銀次郎は私の前に現れたのです。美濃守さまが後ろ楯ならば、何があっても安心なはずなのに、なぜ宇部治兵衛は途中で美濃守さまに従わなくなった、美濃守失脚を前もって家老の宇部治兵衛は知っていたからだ。なぜ、宇部治兵衛はそのことを知ったのかと、私にきいてきたのです」

「……」

「もちろん、私は知りません。そんなやりとりのときに、鹿島銀次郎は何かに気づいたようでした。それが何か私には言わずにそのまま去って行きました。その後、死体で見つかったのです」

新吾は銀次郎のことを話してから、

「冬二という男は銀次郎とどのような話をしたのかときいてきたのです。銀次郎が殺された手掛かりをつかみたいようでした」

「そうか。あのあと、男のあとをつけた。奴は鉄砲洲《てっぽうず》の美濃守の下屋敷に入って行った。あの男は侍だ」

「侍？　浅草阿部川町の平兵衛店に住んでいると言ってましたが」

新吾は唖然とした。

「ほんとうにそこに住んでいるのか確かめたほうがいい。俺が見たところによると、美濃守の家来に違いない」

銀次郎の手の者だと言っていたが、美濃守の家来として、銀次郎たちとの繋ぎをしていた男なのかもしれない。

「どうも妙だ」

林蔵が言う。

「何がですか」

「美濃守の失脚だ」

「……」

「家老の宇部治兵衛は美濃守の失脚を知っていたのではないかと、そなたは言っていた。鹿島銀次郎もそう見ていたようだな」

「ええ」

「俺なりに調べてみた。嘉明公が江戸にいるなら、登城の折りに幕閣の動きから何かを察したとも考えられるが、嘉明公は国表だ」

「ええ」

嘉明公が出府してくるのは四月だ。

「あと考えられるのは幕府の奥医師桂川甫賢からだ。今の松江藩の近習医の花村潤斎は甫賢の孫弟子に当たるようだな。その流れからとも考えたが、いくら桂川甫賢でも幕閣の人事を知る立場にはなかろう。仮に知ったとしても松江藩に知らせる義務もなかろう。百歩譲って、宇部治兵衛が花村潤斎から美濃守失脚の話を聞いたとしよう。そのとき、宇部治兵衛はどうするか」

「……」

「まず、その話が事実かどうか確かめなければなるまい。潤斎の話は又聞きだ。確かめるために、宇部治兵衛は桂川甫賢に会うか」

「そこまで親しい間柄だとは思えません」

「そうだ。仮に、桂川甫賢に会って確かめたとしても、甫賢が間違った噂を聞いた可能性だってある。美濃守失脚を前もって知っていたとしたら、幕閣内にいる有力な人物から聞いたとしか考えられない。そうは思わぬか」

林蔵は自分でも確認するように話した。

「でも、ご家老にそのようなお方がいたとは思えません」

「残るは、鮎川河内守さまからだ」

「河内守さまと親しいとも聞いたことはありません。私の耳に入ってこなかっただけかもしれませんが」

「河内守さまも、事前に美濃守失脚を知ることは出来るだろうか。同じように誰にきいたのかという問題に行き着く」

「間宮さまはどうお考えなのですか」

回りくどい言い方に、新吾はいらだちを覚えた。

「河内守さまから聞いたということも考えられない。あるとすれば、河内守さまと宇部治兵衛が結託をして美濃守を追い落とそうと図ったとしか考えられない」

「えっ、ご家老が失脚に手を貸したと言うのですか」

「そうだ。そうは考えられぬか」

林蔵は確かめるようにきいた。

「ご家老が積極的に美濃守さまを……」

新吾は呟いてから、

「いくら河内守さまと手を結ぼうが、ご家老に美濃守さまを失脚させる力があったとは思えません。それに、やはり河内守さまと手を組んだとは考えづらいのですが」

と、意見を述べた。

伊勢町堀に提灯をつけた船荷が今頃、塩《しお》河岸に向かった。その船の明かりを見送りながら、新吾はきいた。

「間宮さまはまだ松江藩のことを調べているのですか」

「そなたがいつぞや言っていたように、ほんとうに松江藩は抜け荷をやめたのか」

「やめたはずです。ご家老もはっきり言ってましたから、抜け荷はやめたと思います」

「まだ信用は出来ぬが」

林蔵は厳しい顔で言い、

「ともかく、今は抜け荷のことではない。美濃守を失脚させたのではないかという疑いだ。そうだとしたら、どんな手を使ったのか」

林蔵は首をひねってから、

「鹿島銀次郎は何かに感づいたのかもしれぬな」

と、呟いた。

「それは何でしょうか」

「わからぬ。邪魔をした」

林蔵はいきなり体の向きを変え去って行った。

新吾は唖然として見送った。

どうして事前に美濃守の失脚を知っていたのかということを問題にしていたのに、家老の宇部治兵衛が積極的に美濃守を失脚させようとしたのだと林蔵は言った。

そんなことはあり得ないと思ったものの、自分が知らないところで何かが動いていたのかもしれない。宇部治兵衛のにんまりした顔が新吾の脳裏を掠めた。

三

翌朝、いつもより早く家を出て、新吾はまず元鳥越町の次郎吉の長屋に行った。納豆屋が来ていて、この前も顔を合せた小肥りのかみさんが納豆を買っていた。

「あら、宇津木先生でしたね」

かみさんが気づいて声をかけた。

「ええ。次郎吉さんが帰っていると聞いて」

「えっ、帰っていませんよ」

「いえ、帰ったと聞きましたけど」

そう言い、新吾は一番奥の家に行った。

「ごめんください」

新吾は腰高障子《こしだかしょうじ》を開けた。

だが、天窓からの明かりで仄《ほの》かに見える部屋には誰もいなかった。

「いないでしょう」

背後からかみさんの声がした。

「ええ、帰っていませんね」

新吾は首をひねった。

土間に入って部屋を検めた。埃《ほこり》があるのを見て、しばらく誰も部屋に上がっていないことがわかった。

台所のほうに商売道具の鞴《ふいご》や鏝《こて》などが置いてあった。新吾はそれを見た。おやっと思った。それに手を伸ばした。送風のための蛇腹に裂け目があった。それを放置して裂け目が大きくなっている。長い間、使っていないようだ。

新吾は土間を出た。

「私の聞き違いだったようです」

新吾はかみさんに言い、長屋路地を出て行った。

新堀《しんぼり》川に出て、川沿いを浅草阿部川町に向かった。物乞いの格好をした冬二は阿部川町の平兵衛店に住んでいると言った。

阿部川町に入り、自身番で平兵衛店のことを聞いた。しかし、そのような長屋はなかった。

やはり、あの男は美濃守の家来なのだ。鹿島銀次郎のことで、新吾に確かめたかったのだろう。

新吾は松江藩上屋敷に向かった。

門を入ると、表長屋に向かう大柄な侍がいた。湯本善次郎と共に奥御殿のほうの警固をしていた中谷嶋太郎だ。

浮かない表情だ。善次郎が盗人を見つけた場所がおかしいと言ったのが中谷嶋太郎だ。手柄を立てた善次郎に対するやっかみと思われていたが、その後、善次郎は前言を翻《ひるがえ》したのだ。女中部屋に忍んで行ったことを認めたのだ。

結果的には中谷嶋太郎の言い分が通ったことになるが、それにしては嶋太郎は顔色がすぐれない。

だが、わざわざ嶋太郎に近付き、わけを訊ねる理由もなかった。そのまま、嶋太郎を見送り、新吾は御殿にある詰所に向かった。

昼過ぎに上屋敷を引き上げ、新吾はもう一度元鳥越町に行ってみた。

長屋木戸を入って行くと、ちょうどいつものかみさんが戸を開けて出てきた。新吾の顔を見るなり、近寄ってきた。

「次郎吉さん、帰ってきましたよ」

「帰ってきた？」

「ええ、左腕に包帯を巻いて」

新吾は急いで次郎吉の住まいに向かった。

「ごめんください」

新吾は声をかけて、戸を開けた。

「ああ、宇津木先生」

部屋に次郎吉がいた。

新吾は土間に入った。

「たびたび、訪ねてくれたそうですね」

次郎吉が上がり框まで出てきて言う。

「ええ。いらっしゃらないのでどうしたのかと心配していました」

「へえ、どうも」

次郎吉はにやつきながら、

「じつは大番屋を出てから知り合いのところに顔を出して、そのまま泊まってしまいました」

「知り合い？」

「へえ」

「女のひとですか」

「そうです」

次郎吉は認めた。

「次郎吉さんのいいひとですか」

「後家さんですがね。それより、先生、よく来てくださいました。上がりませんか」

「いえ。すぐ行かねばならないのです。患者が待っていますので。それより、傷の具合はいかがですか」

「もうだいぶいいです」

「次郎吉さんが強引に施療院を出て行ってしまったのではないですか」

「幻宗先生も納得してくれました。あとは宇津木先生のところに行って診てもらえと」

「でも、大番屋に連れて行かれたと聞いて驚きました」

「ええ。ねずみ小僧ではないかと散々調べられましたが、最後は疑いが晴れました」

次郎吉は微笑《ほほえ》んだ。

「そうでしたか。では、小舟町の家でお待ちしていますから」

新吾が踵を返したとき、鞴が目に入った。蛇腹の部分に裂け目があったことを思いだした。新吾は振り返った。次郎吉があわてて会釈をした。背中をずっと見ていたようだ。

「次郎吉さん。まだ、商売には出られませんね」

新吾はきいた。

「でも、数日のうちには出るつもりです。でないと、飯が食えませんから」

次郎吉は自嘲ぎみに言う。

「では」

新吾は改めて外に出た。

夕方、新吾は深川の幻宗の施療院に行った。

幻宗が治療を終えるのを待って、新吾は庭に面した廊下に行く。ちょうど、いつもの場所に幻宗がやって来たところだった。

おしんが湯呑みに酒を注いで持ってきた。

幻宗が酒を一口するのを待って、新吾は口を開いた。

「昨日、次郎吉さんは大番屋で調べられましたが、ねずみ小僧の疑いが晴れたそうです」

「もう歩けるからと言うので、出て行くことを認めた。その際、岡っ引きが待ち構えていると告げたが、まったく動じなかった」

「やはり、違ったのでしょうね」

「うむ」

幻宗は難しい顔をした。

「何か」

あの傷は背後から斬られている。追いかけられて斬られたものだ。次郎吉は浪人と喧嘩になっていきなり斬りつけられたと言っていた。もっとも浪人から逃げて、追いかけられたとも考えられるが……。

「先生は次郎吉がねずみ小僧だと？」

「あの顔だちのせいで気弱そうに見えるが、強い体をしている。あれだけの傷を負いながら一晩を応急手当てで凌いでここまでやって来たのだからな。それに、口は達者だ」

「そうですか」

「奉行所には？」

「言う必要はない。あくまでもわしの感想で、証があるわけではない」

「じつは次郎吉さんの長屋に行きました。鋳掛け屋の商売道具の鞴が一部壊れていたんです。最近、壊れたのではなく、かなり以前からではないかと。鋳掛け屋の商売をやっているようには思えません」

新吾は声をひそめ、

「だからと言って、津久井さまに知らせようとは思いませんが」

と、付け加えた。

ただ、新吾は次郎吉がねずみ小僧ならば、松江藩上屋敷に忍んだとき、御殿の屋根の上で火縄の明かりを使ったかどうか、それを知りたかった。

幻宗は湯呑みの酒を呑み干した。

「先生、じつは昨夜、間宮林蔵さまが訪ねてきました。美濃守さま失脚の件で……」

「新吾」

幻宗は強い声で、

「よけいなことに巻き込まれるな。医者としての領分を逸脱するな」

と、たしなめた。

とうに巻き込まれていると口から出かかった。鹿島銀次郎がなぜ、誰に殺されたのか。真実を探り、仇を討ってやりたいのだ。

だが、その思いを幻宗には言えなかった。

「その後、高野長英に会ったか」

いきなり、幻宗が長英の話をした。

「はい。お会いしました」

「今、蘭学を教えているだけでなく、西洋のことを勉強する集まりを作っているらしいが、どうなっているのだ？」

「仲間もかなり集まっているようです。医者以外のひともいるので、内容は政治、経済、国防という類まで学ぶというものです。私は医学以外に興味がないことを知っているので誘われませんが、ただ面白い仲間を紹介するから遊びに来いと誘われました。特に、勘定吟味役の川路聖謨さまに引き合わせると」

「そうか」

幻宗は顔をしかめ、

「学べば学ぶほど、現状に不満を覚え、口を出したくなるものだ。あまり、その勉強会とは関わらないほうがいい」

と、強い口調で言った。

「何か懸念が？」

「いや」

幻宗は否定した。

深川に引っ込んだままだが、幻宗は案外と世間の動静に明るい。誰かから情報を仕入れているのかもしれない。

そういえば、新吾がここで働いているとき、ときたま幻宗に会いに三五郎《さんごろう》という男がやって来ていた。

今も来ているのだろうか。

「先生、三五郎さんは今もやって来ているのですか」

「なぜ、三五郎のことを？」

「最近、お見かけしていないので」

新吾は答え、

「あの三五郎さんとはどんなお方なのですか」

「……」

「薬種を届けてくれたり、諸々施療院のために動いてくれていたようですが」

「そのとおりだ。あの男のことはどうでもいい」

幻宗は切り捨てるように言った。

それ以上、三五郎の話は出来なかった。

そのとき、急患の知らせが入った。おしんがやって来て、

「先生、北森下町《きたもりした》の下駄《げた》屋さんのご隠居が急に苦しみ出したそうです」

と、訴えた。

「よし。三升《さんしよう》を呼んでくれ」

棚橋《たなはし》三升は町医者の息子で、幻宗のところで見習いからはじめ、一人前になっていた。

今ではこの施療院のなくてはならない存在になっていた。おしんとは恋仲なのだが、なかなか所帯を持とうとしない。

幻宗は三升と薬籠持ちと共に施療院を出た。

新吾もそのあとで、おしんに挨拶をして引き上げた。

高橋を渡り、小名木川沿いを大川のほうに向かう。佐賀町を突っ切って永代橋に差しかかった。

橋を渡りかけると、川から三味線や太鼓に賑やかな唄声が聞こえてきた。欄干に寄って、川を見る。

上手から大きな船がやって来た。屋形船だ。騒ぎ声がだんだん大きく聞こえてくる。三味線の音からして何人も芸者が乗り込んでいるようだ。

屋形船の屋根の軒下にかかっている提灯の紋所は鷹の羽だ。鷹の羽の大名は誰か。ずいぶん派手に遊んでいるものだ。

やがて、橋の下をくぐって船は海のほうに向かった。欄干から通りがかった者たちが下を見ていた。

障子が閉まっているので中の様子はわからない。

「豪勢なもんだぜ。きれいどころがあんなに」

誰かがやっかんで言う。

「鷹の羽の紋は誰だ？」

「誰だっていいや」

吐き捨てるような声だ。

新吾が橋を渡り切るときに川を見たら、屋形船は引き返してきた。船に障子が許されるのは大名が自前で持つ屋形船だけだ。

小舟町の家に急いだ。

家に帰ると、香保が出迎えた。どこかしんみりした表情だ。

「どうした、何かあったのか」

新吾は驚いてきいた。

「いえ。ともかく、入って」

香保は新吾を居間に連れて行った。

順庵が義母と向かい合っていた。ふたりとも押し黙っている。いつもと違う雰囲気だった。

「義父上、何かあったんですか」

新吾は声をかけた。

「うむ、ちょっと昔話をしていたんだ」

「昔話？」

「あなたを養子にもらうときのことですよ。うちみたいなところに養子に来てくれるはずないでしょうと私が言ったら、いや必ず来てくれると」

義母は目を細め、

「ほんとうによく来てくれました」

と、新吾に頭を下げた。

「いえ、長崎に遊学をさせてくれたり、恩に感じています」

新吾は幼少のときより剣術と同様に学問好きであった。宇津木順庵に可愛がられ、乞われるようにして養子になった。そのころから蘭学に興味を持ちはじめていて、宇津木家に行けば、蘭学の勉強が出来るという期待もあった。

「じつは漠泉どのに相談したのだ。遊学の掛かりはすべて漠泉どのが出してくれた」

「はい。あとで聞きました」

新吾は答えてから、

「でも、いったいどうして今頃そんな話を?」

と、不思議に思ってきいた。

「うれしかったのだ。今のような暮らしが出来ることが……」

順庵がしみじみと言った。

「わしが駕籠に乗って富裕な家に往診に行けるのも、みな新吾のおかげだ。香保が嫁に来てくれ、夢が叶った」

「私が新吾さんの子どものころのことをおききしたので……」

香保が小さくなって言う。

「なるほど、それで思いだして」

「私たちには子どもも出来ず、医者の稼業も繁盛しているわけでもなく、あの頃は苦しい日々を送っていたんです」

義母は言う。

「あの頃のことを思うと、今は夢のようだ」

順庵がしみじみと言う。

「義父上、私もいただきますから、いつものように陽気に呑みましょうよ」

「そうだな」

「すみません、私がよけいなことを言い出して」

香保が頭を下げた。

「いや、あのころのことを思いだしてよかった。じつはわしは少し調子に乗っていた。まるで流行《はや》り医者のように錯覚をしていた。香保のおかげで、目が覚めた。かえって礼を言いたい」

順庵は頭を下げた。

「そんな」

香保は恐縮し、

「今、お酒をお持ちします」

と立ち上がって、台所に向かった。

その夜は、久しぶりに新吾は深酒をした。

四

翌日、新吾は上屋敷を引き上げるとき、表長屋に湯本善次郎を訪ねた。

声をかけて、戸を開けた。善次郎はふとんの上に体を起こした。夜勤明けで寝ていたようだ。

「起こしてしまいましたか」

「いえ。もう起きなければならないところでしたから」

善次郎は言う。

「ちょっと確かめたいことがありまして」

「盗人のことなら話すことは……」

「左腕を斬った件です」

「……」

「逃げる盗人を追いかけて背後から左腕を斬ったのですよね」

「ええ」

「どのように斬ったのですか」

「なぜ、そんなことを?」

「じつは私のところに左の二の腕を横に斬られた男がやって来たのです。それで、念のためにどこをどう斬ったのか」

「剣を左上から斬り下げました」

「右からではなく左上からですね」

「そうです」

善次郎は頷いた。

「わかりました。それだけお聞きすれば」

「盗人が見つかりそうなんですか」

善次郎は窺うような目をした。

なぜ、そんな目をしたのか。最初の言い分を変えたことが影響しているのか。

「いえ、残念ながら見つかりそうもありません」

「そうですか」

善次郎はほっとしたように言う。

それから、新吾が上屋敷から帰り、通い患者の診療を行っていると、待っている患者の中に次郎吉がいた。

次郎吉の番になって、新吾の前にやって来た。

「どうも」

次郎吉は人懐っこい笑みを浮かべた。

「では、傷口を診ましょう」

「へい」

次郎吉は片肌を脱いだ。

晒を外しながら、新吾は驚いた。小柄で細身なのに、肩や腕はたくましい。

左の二の腕の傷を調べる。もう傷口は塞がっている。幻宗の手当てもよかったのだろうが、次郎吉の強靭《きょうじん》な体によるところも大きい。

「だいぶいいですね」

新吾は言う。

「糸をとりましょう」

「お願いします」

傷口を消毒し、新吾は糸を抜いた。

次郎吉は腕をまわした。

「もう、だいぶいいですね」

次郎吉はにこりと笑った。

「斬られてから幻宗先生のところに行くまで、半日以上経っていましたね。その間、傷はどうだったのですか」

新吾は探りを入れるようにきいた。

「じつは例の後家さんの家で止血をしたのです。あっしは意外と痛みには強いほうでしたが、その夜は痛くて眠れませんでした」

次郎吉は苦笑した。

「後家さんの家はどちらですか」

「浜町堀《はまちょう》の近くです」

「浜町堀……。浪人に斬られたのは？」

「神田明神裏《かんだみょうじん》の呑み屋の近くです」

「そこから浜町堀まで傷を負いながら歩いたのですか」

「そうです。腹に巻いていた晒をきつく腕に巻きつけて。着いたら晒は血で真っ赤で、女は気絶しそうになってました」

次郎吉は笑った。

実際は下谷の松江藩上屋敷から浜町堀まで傷口を押さえながら歩いたのだ。傷口を検めたが、湯本善次郎に斬られた傷に間違いない。

次郎吉はねずみ小僧だ。新吾は確信した。

「次郎吉さん。無理しなければ商売に出てだいじょうぶですよ」

「へえ。ぼちぼち働きはじめます」

次郎吉は袖《そで》を直しながら言う。

「それにしても、とんだ災難でしたね」

「ええ」

「相手の浪人を覚えていませんか」

「覚えていません」

次郎吉はあっさり言い、

「もういいですかえ」

と、きいた。

「ええ、結構です」

「じゃあ」

次郎吉が立ち上がったあと、

「次郎吉さん。あとで、ちょっとお話があるのですが」

と、声をかけた。

「話ですかえ。いったいなんでしょう」

「お訊ねしたいことがあるんです」

一瞬、次郎吉の目が鈍く光った。

「今でもいいですよ」

「いえ、夜にでも。長屋にお邪魔します」

「先生にわざわざお越しいただくのもなんですから、よございます。あっしが夜分にお訪ねいたします」

次郎吉は意味ありげににやりと笑った。

その夜、次郎吉が訪ねてきた。

新吾は客間に通して、次郎吉と差し向かいになった。

「わざわざお越しいただいて申し訳ありません」

新吾は頭を下げた。

「いえ。なんてことはありません」

次郎吉は如才《じょさい》がない。

香保が茶をいれて持ってきた。

「どうぞ」

「ありがとうございます。おかみさんですかえ。次郎吉と申します」

「家内です」

香保は頭を下げた。

香保が下がってから、

「綺麗なおかみさんですね。先生がうらやましい」

次郎吉は笑みを浮かべて言う。

「次郎吉さんは後家さんとはどうなんですか」

「まあ、適当に」

次郎吉は曖昧に言い、

「先生、お話ってのを……」

「ええ」

新吾はどう切りだすか、まだ迷っていた。いきなり、あなたがねずみ小僧ですねときくわけにもいかない。

遠回しにきいていくか。そんなことを考えていると、次郎吉が言った。

「ひょっとして、松江藩上屋敷に忍び込んだ盗人のことじゃありませんか」

新吾は呆気にとられて、

「どうしてそのことを？」

と、きいた。

「先生が、あっしをねずみ小僧ではないかと疑っていることに気づいていました。いや、ねずみ小僧だと思っているのだと」

「……」

「幻宗先生も気づいていたんでしょうね」

「そうですか。わかっていたのですか」

新吾は苦笑した。

「でも、どうしてですね。どうして訴えなかったんですかえ」

「幻宗先生は医者は患者の傷病を治すのが仕事。患者がどのような人物であるかは関係ないというお考え。私はあやふやな根拠で訴えは出来ません。次郎吉さんがねずみ小僧である確たる証はありませんから」

「でも、あっしを疑っていらっしゃるんですよね」

「はい。あくまでも勘でしかありませんから。次郎吉さんこそ疑われていると思いながら、どうして私のところに？」

「どうしてですかね」

「私が次郎吉さんを奉行所に売るような真似をしないと確信しているからではありませんか」

「へえ、仰るとおりです。訴えるなら、とうの昔に訴えているでしょうから」

次郎吉は人懐っこい笑みを浮かべた。

「ねずみ小僧だと認めるのですか」

「さあ、どうでしょうか」

次郎吉はとぼけた。

「次郎吉さんはどうして盗みなどするようになったのですか」

新吾はきいた。

「あっしは神田和泉《いずみ》町に住む中村座《なかむらざ》の木戸番《きどばん》をしていた者の倅《せがれ》で、町火消しの頭取のところで鳶職人をしていました。でも、生来が派手な性格で遊び好き。そのために親に勘当されちまいました。それでも遊び好きは直らず、やがて遊ぶ金を捻出するために盗みを働くようになったんです」

次郎吉は湯呑みの茶に口をつけて喉を潤した。

「大名屋敷や旗本屋敷を専門に狙うのはなぜですか」

「奥向きは女たちしかいませんから。万が一のときも逃げやすいですからね」

「でも、松江藩上屋敷では警固の侍に見つかりました」

新吾はいよいよ核心に触れた。

「ええ。迂闊《うかつ》でした」

次郎吉は顔をしかめた。

「私がおききしたかったのは御殿の屋根に上がったときのことです。そのとき、火縄の明かりをつけていたのですか」

「以前にもそんなことを仰っていましたね」

次郎吉は言ってから、

「天井裏では点けてましたが、屋根に出たときは消しました」

「点けていなかったのですか」

「ええ」

「警固の侍は詰所の前から奥御殿の屋根に火の玉を見たと言っているんです」

「それは嘘ですね」

「嘘？」

「ええ、あっしは火縄を消しています。それに、警固の侍は女中部屋の近くにいたんですからね」

「女中部屋の近く？」

「ええ。あっしは植込みの中に隠れ、見廻りが済んでから奥御殿に忍び込んだんです。三十両を盗んで屋根に出たとき、女中部屋の近くに黒い影を見つけました。急いで屋根から庭におりたとき、黒い影が迫ってきたんです」

「なぜ、嘘を……」

これまで湯本善次郎の言葉を信じ、中谷嶋太郎がやっかみから異を唱えたと信じてきたが、逆だったのか。

善次郎は女中部屋に忍び込もうとして屋根に賊を見つけた。だが、女中部屋の近くにいたことを隠すために、詰所の外で賊を見たと話した。

ところが、当夜の天候では詰所からでは御殿の屋根に賊がいてもわからない。そう指摘されて、善次郎はとっさに賊は火縄の明かりを照らしていたと言い逃れた。

そういうことだったのかもしれない。

だが、結局、善次郎は女中部屋の近くで賊を見つけたと発言を変えた。

善次郎が賊を見つけたとき、もうひとりの警固の中谷嶋太郎は厠にいっていた。だから、善次郎はひとりで賊を追いかけたのだ。

中谷嶋太郎はほんとうに厠にいっていたのか。ほんとうは別のところで何かをしていたのではないか。

この嶋太郎へ疑惑が向わないように何者かが善次郎を言い含め、発言を訂正させたのではないか。そういう印象だった。

だが、次郎吉の話が事実なら、善次郎が嘘をついていたことになる。善次郎は女中部屋の近くで何をしようとしていたのか。

「宇津木先生、どうしたんですね、黙りこくって」

次郎吉が怪訝《けげん》そうにきいた。

「いえ、なんでもありません」

「あっしが屋根の上で火縄を使ったかどうかで、警固の侍に何か影響があるんですかえ」

「ええ。でも、それはお屋敷の事情ですから、こっちは何の変わりもありませんが」

「そうですか」

次郎吉は呟き、

「で、ききたいってのはそれだけですかえ。他にも何か」

「いえ。それだけです」

「そうですか。では、私はこれで」

「これから元鳥越までお帰りですか」

「いえ、今夜は女のところに」

「次郎吉さんはその女のひとと所帯を持たないのですか」

「ええ、万が一、あっしが捕まったらかみさんも罪に問われましょう。あっしはいつお縄になるかわかりませんからね」

「その女のひとは次郎吉さんのことをどこまでご存じなのですか」

「絹の仲買人だと信じています」

「そうですか」

「では」

次郎吉は腰を上げた。

次郎吉を見送るために、新吾は外に出た。

「おや、何かあったんですかねえ」

次郎吉が日本橋川のほうを見て口を開いた。伊勢町堀の日本橋川の近くに提灯の明かりが幾つも揺れていた。

そちらから職人体の男が歩いてきた。

「あの騒ぎは何ですね」

次郎吉がきいた。

「殺しだそうです」

「殺されたのは？」

「物乞いです」

「物乞い？」

新吾ははっとした。

「ちょっと行ってみます」

ひとだかりに近づくと、津久井半兵衛と升吉の姿が見え、日本橋川の川っぷちに莚《むしろ》に覆われて死体が横たわっていた。

「津久井さま」

新吾は声をかけた。

「宇津木先生。また、殺しです」

半兵衛が振り向いて言う。

「ちょっと死体を見たいのですが」

「どうぞ」

半兵衛は新吾を死体のそばに案内した。升吉が莚をめくった。

新吾は合掌《がっしょう》してから顔を覗き込んだ。

思わずあっと声を上げるところだった。冬二と名乗った男だ。鹿島銀次郎に続いて殺された。

「ご存じですか」

「いえ」

新吾はあえて知らないと答えた。事情を説明するわけにはいかないからだ。

新吾は傷口を検めた。脾腹《ひばら》を突き刺されていた。血もまだ乾ききってなく、襲われてまもないようだった。

「殺されて半刻（一時間）も経っていませんね」

「ええ。通りがかった照降《てりふり》横町の傘屋の主人が見つけて自身番に知らせたのが四半刻前です」

「このほとけは思案《しあん》橋を渡ってここまで来て襲われたようです」

半兵衛が言う。

「津久井さま。この物乞いはほんものでしょうか」

新吾はせめてそのことだけでも言っておこうと思った。

「この襤褸の着物はよれよれですが、そんなに汚れていません。髪はざんばらにしていますが、ふけはありません」

「わざと物乞いの格好をしていると？」

「ええ。それに、この手に竹刀だこがあります。侍かと」

これは間宮林蔵から聞いた、美濃守の下屋敷に入っていったという話を念頭に置いてのことだ。

「まさか、公儀の隠密でしょうか」

半兵衛は渋い顔をした。

そうだとしたら、身許の割り出しは難しい。

新吾は適当に挨拶をし、その場を離れた。

野次馬《やじうま》の中に間宮林蔵がいるかもしれないと見渡したが、それらしい姿はなかった。

五

翌朝、新吾と勘平は柳原の土手に上がり、神田川にかかる新シ橋を渡った。

林蔵が現れるのを期待したが、林蔵は姿を見せなかった。冬二と名乗った男が殺されたことを知らないのかもしれない。

橋を渡ったとき、前方から駕籠がやって来た。そばに女中が四人付き添い、さらに警固の侍が前後を固めていた。

駕籠の脇にいる侍が湯本善次郎だと気づいた。女中も松江藩上屋敷の者だ。朝早くからの出立は芝居《しばい》見物か。それとも、どこかの参拝か。

新吾は上屋敷の門を入り、御殿にあがり、詰所に行った。

すでに玉林が来ていて、茶を飲んでいた。

「来る途中、お女中の乗った駕籠とすれ違いました。芝居見物とも思えませんが」

「ほう、そうか。宿下がりではないのか」

「宿下がりですか」

新吾が呟いたとき、襖が開いて、

「潤斎さまがお呼びです」

と、潤斎の弟子が声をかけた。

「わかりました」

新吾は返事をし、玉林に向かって、

「ちょっと行って参ります」

と、挨拶をした。

「ずいぶん気に入られたものだ」

玉林は顔をしかめた。

「いえ」

また高野長英のことをきかれるかと気が重かった。

新吾は近習医の詰所に行った。

総髪の花村潤斎は大きな目で新吾を見つめた。ひとを射すくめるような鋭さがあった。

「何か」

新吾は窺うようにきいた。

「上島漠泉どののことだ。花村法楽さまが気にしておられるのだ」

「ありがとうございます。じつはまだ漠泉は復帰をためらっております」

「何をためらうのだ?」

「はあ、法楽さまにご迷惑がかかるのではないかと心配しているようです」

新吾を煩わせることも気にしているようだが、ほんとうは花村法楽に借りを作ることを避けたいのではないか。

「そんな気遣いはいらないと伝えてくれ」

「わかりました」

新吾は応じてから、

「法楽さまはどうして漠泉のためにそこまでなさってくれるのでしょうか」

と、確かめた。

「前にも話したと思うが、シーボルト事件の巻き添えを食ったことに同情していた。仲間として何とかしてやりたいのだろう」

潤斎は言ってから、

「用はそのことだけだ」

「わかりました」

新吾は挨拶をして引き上げようとしたが、ふと思いついて、

「つかぬことをお伺いいたしますが、先日、奥御殿にねずみ小僧が忍び込み込みました。ねずみ小僧を見つけた湯本善次郎どのは、最初は詰所の前から屋根に賊を見たと言い、その後、女中部屋の近くで見たと発言を翻されました」

「……」

「実際はどうだったのかご存じでいらっしゃいますか」

「いや、聞いていない」

潤斎は言下に否定し、

「なぜ、そのようなことをきくのだ？」

と、逆にきいてきた。

「じつは、私のところにも怪我をした男が現れなかったかと奉行所から問い合わせがありました。湯本善次郎どのの発言が変わったことで、ねずみ小僧に斬りかかったというのはほんとうかどうか気になりまして」

「湯本善次郎が嘘をついていると？」

「いえ、そうではありませんが、どこまでがほんとうかどうか……」

新吾は言い訳をしたあとで、

「そうそう。朝来る途中、お女中の駕籠の一行に出会いました」

「それは奥女中の喜代次《きよじ》さまだろう」

「喜代次さまですか。宿下がりでしょうか」

「いや、参拝らしい」

「参拝？」

「奥方さまの名代としての参拝だろう」

「どちらに？」

「下総中山《しもうさなかやま》の法華経《ほっけきょう》寺だ」

「下総中山とはずいぶん遠いですね」

「うむ。江戸から七里（二十八キロ）ある。今夜は向こうの宿坊に泊まることになるだろう」

順斎は顔をしかめ、

「どうやら祈禱《きとう》をしてもらっているらしい」

「祈禱ですって？」

「医者が見放した病人がいるわけではない。別の理由だ」

「奥方さまの意向ですか」

「喜代次さまが勝手に参拝に行けるはずない。奥方さまの意向に間違いない。もちろん、ご家老も承知のことだ」

「何の祈禱でしょうか」

「わからぬ。病気快癒であれば我らにとって由々しきことであったが、奥方もお元気だ。気にすることはない」

「そうですか。わかりました」

新吾は改めて腰を上げた。

昼過ぎに、新吾は上屋敷を出た。

三味線堀を過ぎ、向柳原から神田川にかかる新シ橋に近づいたとき、饅頭笠に裁っ着け袴の間宮林蔵が現れた。

「例の男が殺されたな」

「はい」

「思案橋を渡ったところだ。おそらく、そなたの家に向かうところだったのであろう」

「まさか」

新吾ははっとした。

「確かに私の家の近くですが……」

「鉄砲洲の美濃守の下屋敷からそなたの家に向かったのだ。単に伊勢町堀を突っ切るだけなら、何も鎧河岸のほうから思案橋を渡ってくる必要はない」

「……」

「いったい、あの男はそなたに何を告げようとしたのか」

林蔵は溜め息をつく。

「何かわかりませんが、私に話したところで何になりましょうか」

「上屋敷で、何かを確かめてもらいたかったのではないか」

「確かめる？」

「そうだ。松江藩上屋敷で何かが行われていたのだ。もちろん、美濃守に関わる何かだ」

思わずあっと声を上げそうになった。

祈禱……。あれは、美濃守を排除するための祈禱だったのか。

しかし、祈禱で美濃守を失脚させることなど出来るはずがない。

「何か思い当たるのか」

「いえ、関係しているかどうかはわかりませんので」

「なんだ、言ってみろ」

「ええ……」

林蔵ならこれから中山法華経寺まで行って調べてくれるかもしれない。

「間宮さま。お願いがあります」

「なんだ?」

「これから下総中山まで行っていただけませんか」

「下総中山だと?」

「じつは、今朝、奥女中の喜代次さまが中山法華経寺に向かいました。半年ほど前から、奥方の名代で祈禱に行っているようです」

「祈禱?」

「何の祈禱かわかりません。病気快癒ではないと近習医の花村順斎さまが仰っていました。時期的には、抜け荷の件で鹿島銀次郎に脅されていたころに重なります」

「美濃守排除の祈禱か」

「そんなあからさまではなくとも、抜け荷の件で窮地に陥っている松江藩を救うための祈禱では。その結果が、美濃守さまの失脚」

「中山法華経寺ではちょっとひっかかることもある」

「引っ掛かることとは？」

「確かめてからだ。とにかく、これから中山法華経寺に向かう」

そう言い、林蔵は神田川沿いを上流に向かった。

林蔵の背中を見送りながら、新吾は冬二と名乗った男が自分に会いに来たのではないかということに思いを馳せた。

鉄砲洲の美濃守の下屋敷から来たのだとしたら、美濃守も諒承していたということだ。美濃守に会えないか。

新吾の脳裏を次郎吉の顔が掠めた。


夕方、診療を終えると、新吾は元鳥越町の次郎吉の長屋に行った。

声をかけて腰高障子を開けると、次郎吉は暗い部屋の中で何かをしていた。新吾は土間に入った。

「これは宇津木先生」

次郎吉はあわてて柳行李《やなぎごうり》の蓋をしめて、行灯に明かりを入れ、上がり框まで出てきた。

「明かりも点けず何をしていたのか不審に思われたでしょうね」

次郎吉が苦笑しながらきいた。

「何をなさっていたのか、まったくわかりませんでしたよ」

盗んだ金をとりだしたのではないかと想像したが、口にはしなかった。

「先生、何かありましたか」

次郎吉が真顔で言う。

「どうしてですか」

「なんだか顔が強張っているようですぜ。まさか、あっしの正体がばれたんじゃないでしょうね」

「いえ、そんなんじゃありません」

新吾は首を横に振る。

「そうですか。じゃあ、なんですね。言いづらそうなことのようですね」

次郎吉は困惑ぎみにきいた。

「ええ。こんなことをお頼みするのはよくないと思っているのですが」

「まさか、どこかの屋敷に忍び込んでくれとでも言うんじゃないですよね」

次郎吉は冗談まじりに言う。

「じつはそのとおりでして」

「ほんとうに？」

「ええ」

「どういうことですか」

次郎吉は真顔になった。

「老中をやめた板野美濃守さまの下屋敷に忍んで、美濃守さまにお会いしてきていただきたいのです」

「とんでもないことをおっしゃいますね」

次郎吉は呆れたように言う。

「昨夜の死体。あの者は美濃守さまの家来なのです。私に何かを伝えようとして襲われたのです。どうしても、美濃守さまにお会いしたいのです」

「つまり、こういうことですかえ。あっしが下屋敷に忍んで美濃守さまにお会いし、宇津木先生のことを話すと……」

「そうです。無茶なお願いだとわかっているんですが。もちろん、お断わりになっても構いません。それが当然ですから」

「いいでしょう。やりましょう」

「やってくださいますか」

「ええ、宇津木先生のお役に立てるなら、なんでもやりますよ」

「ありがとうございます」

「で、下屋敷はどちらですね」

「鉄砲洲です」

「わかりました。これから、行きましょうか」

「これから？」

「善は急げっていいます」

「まあ、決してよいことではありませんが」

次郎吉はすでに裏が黒地の着物に着替えはじめていた。

第三章　陰の将軍

一

曇り空で星もない。夜五つを過ぎた。新吾と次郎吉は鉄砲洲にやって来た。大名の上屋敷がならんでいる中に、いくつかの下屋敷もあった。

美濃守の下屋敷は鉄砲洲稲荷《いなり》の近くにあった。

「では、行ってきます」

次郎吉は黒装束で、尻を端折り、黒い布で頬被りをして、美濃守の下屋敷の塀に向かって駆け出し、勢いをつけて塀に足をつけて駆け上がるように塀の上に立った。その身の軽さに、新吾は感嘆した。

次郎吉は新吾に片手を上げて合図をして塀の向こうに消えた。春とはいえ、夜風は冷たい。

闇の中に、鉄砲洲稲荷の社殿の大屋根が見える。静寂に包まれていた。

次郎吉が下屋敷に忍んでから四半刻ほどして塀の上に黒い影が現れた。

塀から下りて、次郎吉がこちらにやって来た。

「どうでしたか」

「会ってくれるそうです。門番に話を通しておくから門から入るようにということです」

「よく、美濃守さまの部屋がわかりましたね」

「武家屋敷の造りはどこも似たりよったりですから」

「では、行きましょう」

新吾は門に向かいかけたが、次郎吉は止まっていた。

「いっしょに行きませんか」

「いえ。あっしが聞いても仕方ない話でしょうし」

「そうですか。では、ひとりで行ってきます」

新吾は門に向かった。すると、すでに門番が待っていた。

「宇津木新吾どのか」

門番の侍がきいた。

「そうです」

「どうぞ」

門番は中に招じた。

表門の脇の小門を入ると、鬢《びん》に白いものが目立つ侍が待っていた。

「宇津木新吾どのですな。こちらに」

新吾は侍のあとに従って玄関に向かった。だが、玄関には向わず、庭に出た。

やがて、新吾は庵《いおり》のような建屋の前にやって来た。

茶室だ。

「ここからお入りを」

「わかりました」

新吾はにじり口から茶室に入った。

五十歳ぐらいの痩身の男が炉の前に座っていた。美濃守だ。肥った人だと思っていたが、迫力はなく、想像とはまったく違った。

抜け荷の件で、私利私欲のために松江藩をいいように操っていた黒幕にはとても見えない。ひと違いではないかとさえ思った。

権力の座から落ちると、こうも変わるものかと痛ましい気もした。

炉に炭が燃えていたが、部屋はひんやりしていた。

「今、炭を足したばかりだ」

美濃守が口を開き、改めて新吾に顔を向けた。

「美濃守だ。もっとも今は隠居の身だ」

声も細い。

「宇津木新吾にございます。お会いしていただき、ありがとうございます」

新吾が会いたいと切望していたのは、美濃守が暗躍していたときだ。

「いや、わしのほうも会いたいと思っていたのだ」

美濃守が静かに言って続けた。

「そなたのことは、鹿島銀次郎から聞いていた。我らの企みの前に立ちはだかっている男だとな」

「恐れ入ります」

新吾は頭を下げた。

「そのほうの話から聞こう」

美濃守が促した。

「はっ」

新吾は応じ、さっそく切りだした。

「先日、鹿島銀次郎どのが私の前に現れ、抜け荷を続けるというこちらの考えに乗っていた松江藩はなぜ、途中で態度を翻したのかときいてきました」

「うむ」

「銀次郎どのは松江藩が美濃守さまの失脚を事前に知り、態度を変えたと睨んでいました。私もそう思っていました。しかし、松江藩がそのような大事なことを知る手立てがないことを話すと、銀次郎どのは何かに気づいたようでした。それが何か教えてくれないまま、別れ、数日後に殺されました。その後、冬二と名乗る男が現れ、銀次郎どののやりとりをきいてきました。その冬二というひとも昨日……」

「八巻冬太郎《やまきふゆたろう》だ」

「八巻冬太郎どのですか。私の前には物乞いの姿で現れ、冬二と名乗っていました。八巻どのは私に会いにくるところだったのでしょうか。だとすれば、美濃守さまがそのわけをご存じではと」

「うむ」

美濃守は厳しい表情で、

「幕閣内で、わしを引きずりおとそうという企みはかなり前からはじまっていたようだ。結果から見れば、わしの替わりに老中になった鮎川河内守がもっとも疑わしい」

「しかし、そのことを松江藩が知る術《すべ》はないはずですが」

「聞いたのではない。松江藩は河内守とつるんでわしを追い落としたのだ」

「今まで、松江藩と河内守さまとの繋がりを聞いたことはありませんが」

新吾は疑問を呈した。

「仲介した人物がいるのだ」

「誰ですか、それは？」

新吾は思わず身を乗り出した。

「中野石翁《なかのせきおう》どのだ」

「中野石翁……。あの家斉公の側近中の側近と言われているお方ですか」

「そうだ」

美濃守は苦い顔をして、

「河内守は中野石翁どのに貢ぎ物をし、老中任官を頼んでいたのではないか」

「松江藩はどう絡んでいるのでしょうか」

「わからぬ。だが、銀次郎は松江藩と中野石翁どのの繋がりを調べていて殺された。

八巻冬太郎は銀次郎の探索のあとを追ったのだ」

「何か摑んだのでしょうか」

「中野石翁は向島《むこうじま》に豪勢な屋敷を構えている」

美濃守は中野石翁のことを呼び捨てにした。

「銀次郎はおそらくその屋敷に忍び込んだのかもしれない」

「中野石翁さまの手の者に斬られ、川に放り込まれたと？」

「冬太郎はそう考えたようだ」

「しかし、河内守さまが中野石翁さまに老中任官を頼んでいたのなら、やはり松江藩はその問題には関わっていないのでは？」

新吾は疑問を呈した。

「中野石翁どのの屋敷には大名や旗本、商人《あきんど》などが毎日のように押し寄せ、賄賂を贈っているそうだ」

「なぜ、中野石翁さまに賄賂を？」

「石翁どのは隠居をした今でも家斉公の話し相手として自由に登城することが許されているのだ」

「では、河内守さまの老中就任には中野石翁さまの家斉公への口添えがあったと？」

「そうとしか考えられぬ」

美濃守は顔をしかめ、

「今老中は定員一杯の五人いる。増やすわけにはいかない。だから、誰かを辞めさせねばならなかった。誰でもよかったはず。だが、わしだった。なぜか」

と、新吾を睨むように見て続けた。

「松江藩とのことしか考えられぬのだ」

だが、松江藩が中野石翁に賄賂を贈っているという話は聞かない。もっとも、そのような話を新吾は知る立場にない。だから、ひそかに向島の別荘に賄賂を届けていたのかもしれない。

「今さら、真相を知ったところで、わしの立場がどうにかなるものではない。だが、鹿島銀次郎や八巻冬太郎は真相を知りたがっていたのだ。わしとしても、真相を知りたい。そこでそなたを頼ろうとしたのだ」

「私も実際に何があったか知りたいと思っています」

新吾は応じてから、

「なぜ、中野石翁さまはそんなに家斉公に気に入られているのですか」

と、きいた。

「あの男は家斉公がお気にいりの側室お美代《みよ》の方の養父なのだ。もともと五百石の旗本であったが、御小納戸頭取、新番頭格として家斉公の側近を務めた。才知に長け、風流を解し、世事にも詳しく、それだけでも家斉公から気に入られていたが、お美代の方の養父ということもあって家斉公に特に目をかけられたのだ」

美濃守は続ける。

「中野石翁は家斉公といつでも会える身分だ。もし、気に入られたら家斉公によしなに言ってもらえるし、嫌われたらあることないこと告げ口される。そんなことされたら身の破滅だ。だから、皆こぞって向島の別荘詣でをするのだ」

「では、松江藩も？」

「おそらくな。そこで、わしを貶めるようなことを言い、それがそのまま家斉公に告げられたか」

「しかし、何の落ち度もない美濃守さまを失脚させるにしても、家斉公の一言でそんなことが出来るのですか。他の老中方の意見は？」

「誰もが向島の別荘詣でをしているのだ。老中どももしかり。石翁は老中ひとりひとりにもわしを辞めさせるように言っているのだ。その上で、家斉公からわしの罷免の話が出たとき、反対すればどうなるか。石翁の恨みを買うだけだ」

「そんなことでまっとうな幕政が出来るのですか」

「幕政など誰がやっても出来る。また、石翁は政治には興味を持たない。関心があるのは金儲けだけだ」

「将軍に気に入られた人物だけが栄華を極めることになりますね」

新吾は不快な気持ちになったが、気を取り直して、

「美濃守さまは向島詣では？」

「挨拶程度だ。河内守のほうが桁違いに賄賂を贈っているだろう」

「そうですか」

新吾は溜め息をついてから、

「お美代の方はそんなに家斉公の寵愛《ちょうあい》を受けているのですか」

「美しいお方だからな。石翁は自分の屋敷に奉公に上がっていたお美代の方の美貌に目をつけて養女にしたのだ。そして、大奥に送り込み、目論見どおり、家斉公の目に留まったというわけだ。そのような才覚に長けた男だ」

「お美代の方の実父もまた豪勢な暮らしを？」

新吾はきいた。

「もちろんだ」

美濃守は眉根を寄せ、

「実父の日啓《にっけい》という僧が住職を務める智泉院《ちせんいん》はいまではたいそうな格式となり、中山法華経寺の御用取次所になった。これは破格のことだ」

「中山法華経寺ですって」

新吾は思わずきき返した。

「そうだ。日蓮宗《にちれん》の大本山だ。智泉院はその支院であったが、法華経寺で祈禱をするときは智泉院を通さねばならないのだ」

「日啓という智泉院の住職がお美代の方の実父なのですね」

「そうだ。実父もたいそうな羽振りだ」

美濃守は口元を歪めた。

「そうですか。中山法華経寺ですか」

新吾は呟いた。

「何か心当たりがあるのか」

「いえ」

話すべきかどうか迷ったが、新吾は口にしなかった。松江藩を裏切るような真似は出来なかった。

それに、中山法華経寺には間宮林蔵が行っているのだ。林蔵の話を聞いてからでも遅くはない。

「話は最初に戻りますが、八巻冬太郎どのは私に松江藩と中野石翁さまとの関係について調べるように言いに来るはずだったのですね」

「そうだ。わしが調べてもらえと言ったのだ」

「その他には？」

「いや。何もない。なぜだ？」

「中野石翁さまのことを、私に知らせるのを阻止するためだけに敵は八巻冬太郎どのを殺したのでしょうか」

新吾は首を傾げ、

「それだけのことで……」

と、呟いた。

「中野石翁と河内守との繋がりから、何か新たな悪事が発覚するかもしれないと恐れたのかもしれぬ」

「そうですね」

炉の炭が赤々と燃え、釜が湯気を上げてきた。

「茶でもどうかな」

「不調法ですが」

新吾は頭を下げた。

美濃守は帯にはさんであった袱紗《ふくさ》をとりだし、流れるような優雅な手付きで、袱紗を捌いた。

杓をとり、釜から湯を掬い、茶碗に入れる。茶碗を洗い、湯を流す。なつめから茶さじで抹茶をとり、茶碗に入れる。

美濃守は湯を入れ、茶筅《ちゃせん》をつかった。

そして、湯呑みを新吾のほうに置いた。

新吾は一礼をし、畳に両手をついて体を浮かすようにして前に進み、左手を伸ばして湯呑みを摑んで膝の前に置き、ふたたび両手をついて後ずさり、もとの場所に戻って、再び茶碗に手を伸ばして引き寄せた。

「頂戴いたします」

左手のひらに茶碗を載せ、右手で支え、茶碗を少しまわして正面をずらし、一口呑み、さらにもう一口を含んだあと、いっきの残りの茶を飲み干した。

指先で口をつけたところを拭き、懐の懐紙で指を拭き、茶碗をまわした。

「結構なお点前でした」

新吾は頭を下げた。

「つい半年前までは松江藩から金を巻き上げてやろうと躍起になっていた。あの頃に点てた茶と今の茶では味が違うかもしれぬな」

「はい。やさしい味わいがありました」

新吾はさっきと逆の動きで茶碗を返した。

美濃守は湯呑みを摑み、膝の前に置き、杓で湯を汲んで濯いだ。

「不思議なものだ、常に神経を研ぎ澄ましていた自分が嘘のようだ。あの頃は天下をとったように世の中はすべて自分の思いのままになると信じきっていた。それが松江藩、ありていにいえば江戸家老宇部治兵衛の手のひら返しによってわしの野心がついえた」

美濃守は間を置き、

「わしのために忠誠を尽くしてくれた鹿島銀次郎にはすまないことをしたと思っている。うまくいった暁にはあのものを正式に家臣に取り立ててやるつもりだった。鹿島銀次郎との取り次ぎをしてくれた八巻冬太郎も残念なことをした。わしはこのふたりの復讐をしたいわけではない。ただ、ふたりの冥福を祈るためにもいったい何があったのか。それを知りたいのだ」

「私も真実を知りたいのです。わかったら、お知らせにあがります」

「うむ、頼んだ」

「では、私はこれで」

挨拶をしたあと、新吾は思いついたことがあって、

「美濃守さま、もうひとつお聞かせください」

「なんだ？」

「鷹の羽の紋所の大名はどなたかおわかりになりましょうか」

「鷹の羽とな。数家あるが、何かあったのか」

「先日、永代橋を渡っていたら屋形船がやって来て、三味線や太鼓でたいそう賑やかでした。その屋形船の提灯の紋所が鷹の羽でした」

「それなら、岩見藩《いわみ》の浅間肥後守《あさまひごのかみ》であろう。肥後守は派手好きだと聞いている。岩見藩専用の船を造り、元柳橋の河岸にある船宿に預けてあるそうだ」

「屋形船を持っているのですか」

「そうだ。屋形船を持っている大名は何人かいる。肥後守はその屋形船に中野石翁を招いているのかもしれぬな」

「あの船に、石翁さまが……」

「中野石翁にも急接近しているという噂だ」

「そうですか」

新吾は呟いてから、改めて礼を言い、立ち上がった。

新吾は再びにじり口から出た。

下屋敷をあとにして、鉄砲洲稲荷の前に差しかかった。

いつの間にか横に次郎吉が並んでいた。

「床下にいたのですね」

新吾は言う。

「お気づきでしたか」

次郎吉は悪びれずに言う。

「ともかく、次郎吉さんのおかげで目的が果たせました。礼を言います」

「なんの。これしきのこと、お安い御用です」

新吾と次郎吉は稲荷橋を渡って霊岸島を経て帰途についた。

二

翌朝、新吾は松江藩上屋敷に出ると、表長屋に湯本善次郎を訪ねた。

きょうは非番らしく、朝から起きていた。

「何か」

善次郎は迷惑そうにきいた。

「はい。じつはねずみ小僧らしき男が捕まったそうです。しかし、ねずみ小僧とは認めようとせず、奉行所のほうも決め手がなく、解き放したそうなんです。でも、納得出来ないので、湯本どのにその男と対面してもらえないかと、私が相談されたのです。それで、一応は話をとおしてみるということになって」

新吾は拒否されることがわかっていて、偽りの話をした。

「それは無理だ。私が勝手に奉行所の者と会うことは許されていません」

「そうですか。では、これだけ教えていただけますか。奥御殿の屋根に賊がいたのを見つけたのは詰所の前ですか、それとも女中部屋の前ですか」

「そんなことが重要なのですか」

善次郎は顔をしかめた。

「はい。屋根の上で火縄を使ったか使わなかったのか。じつはその男、隠れ家にも火縄を持っていなかったそうです。もし、屋根の上で火縄を使っていたのがほんとうなら、疑わしい男はやはりねずみ小僧ではないことになります」

新吾は息継ぎをし、

「湯本どのは最初は賊が火縄を使っていたのを見たと仰っていました。ところが、あとから女中部屋の近くで賊を見つけたと証言をお変えになりました。いったい、どっちがほんとうなのかと思いまして」

「……」

「いかがでしょうか」

新吾は迫った。

善次郎は溜め息をつき、

「賊は屋根の上で火縄を持っていた。私はその火の玉を見て、くせ者を発見したのです」

と、口にした。

「賊は火縄を使っていたのですね」

「そうです」

善次郎は言い切った。

しかし、次郎吉は火縄を使っていないのだ。

「では、なぜ、あとから証言をお変えになったのですか」

「上役の方々にはいろいろな事情があるのでしょう。女中部屋の近くで賊を見たことにするようにと言われたのです」

「そうしたら、あなたが女中部屋に忍び込もうとしていたことになってしまうのでは？」

新吾は不思議そうにきいた。

「それはこの前もお話ししました。女中部屋の近くにいたことは問題にしないから、女中部屋の近くで見たことにするようにと上役から言われたのです」

「なぜ、詰所から見たということではいけなかったのですか」

「そんなことは私にはわかりません」

善次郎は強い口調で言い、

「もうこの件は済んだことなのです、どうか、蒸し返すことはもうしないでいただきたいのですが」

「わかりました。すみません」

新吾は謝ってから、

「ついでにもうひとつお訊ねしてよろしいですか」

と、口にした。

「なんでしょうか」

善次郎は迷惑そうに言う。

「一昨日の朝、奥女中の喜代次さまが駕籠で外出されましたね。湯本どのが供についていましたが、どちらに行かれたのですか」

「どうしてそんなことをきくんですか」

「興味半分です。今までも、ときたまお出かけに?」

「そんなことは先生には関わりありませんよ。もうよろしいでしょうか」

と、追い払うように言った。

「どうもお邪魔をしました」

新吾は善次郎の住まいを辞去した。

昼まで詰所で過ごし、もうひとりの番医師葉島善行がやって来て、新吾はきょうの引き継ぎをして、詰所を出た。

門に向かいかけたが、新吾は中谷嶋太郎の住まいに行った。

戸を開け、中に向かって呼びかけた。

「誰か」

奥から声がした。

「番医師の宇津木新吾と申します」

新吾は土間に入った。

大柄な中谷嶋太郎が上がり框まで出てきた。

「すみません。ちょっとお訊ねしたいことがありまして」

「私に？」

嶋太郎は怪訝そうな顔をした。

「じつは先日のねずみ小僧の件で」

新吾は湯本善次郎に話したことと同じ理由を告げ、

「奥御殿の屋根で、火縄を使っていたか否かで、疑惑の男がねずみ小僧かどうかわかるのです。今朝、湯本どのにきいたら、火の玉を見たとはっきり言っていました。ほんとうはどうなのかと」

「私にはわかりません」

嶋太郎は首を横に振る。

「中谷さんが詰所の前からでは奥御殿の屋根の賊は暗くて見えないと仰ったのですね」

「そうです。湯本が詰所の前で見たというので、そこからでは見えないはずだがと疑問を口にしたら、湯本は火縄の話をしだしたのです」

「なぜ、途中で湯本どのは女中部屋の近くで賊を見たと言い出したのでしょうか。湯本どのは上役から言われたということですが、なぜ火縄の火を見たということで押し通さなかったのでしょうか」

「その頃、奥女中のひとりが部屋を抜け出ていたことがわかったそうなんです。その女中は眠れなかったので夜風に当たりたかったと言ったそうです」

「なるほど。湯本どのはその女中と逢い引きをしていて賊を見つけたということですか」

「そうです」

「でも、湯本どのはほんとうは詰所の前から見たのだと言っていました。中谷どのはどう思っているのですか」

「湯本は女中部屋の近くで賊を見たのだと思います。最初は火縄のことなど一言も口にしていませんでしたからね」

嶋太郎は眉根を寄せて、

「上のほうの方々は曖昧な形での幕引きを図ったようです。女中も外に出ているし、ほんとうは湯本どのはその女中に逢うために女中部屋に行ったのだと思います」

「湯本どのとその女中はいい仲なのですか」

「それが、そのような節はないのです。それに、そうだとしたら女中との色恋沙汰はご法度《はっと》ですからね。そのことのお咎めはないですし……」

「不思議ですね」

「ええ、なんとなくすっきりしないまま決着がついてしまいました」

「わかりました。よけいなことをきいてすみませんでした」

それから、新吾は奥女中の喜代次のことをきいた。

「喜代次さまはどこにお出かけなのでしょうか」

「中山法華経寺です」

嶋太郎はあっさり答えた。

「以前からですか」

「半年前ぐらいからです」

「湯本どのが供をしていましたが？」

「ええ、いつも湯本が警固で」

「中谷どのは？」

「私はありません」

「そうですか」

ふと入口に誰かが立ったので、新吾は話を打ち切った。

戸が開き、侍が顔を覗かせた。

「あっ、失礼」

「いえ、私はもう引き上げますので」

新吾はあわてて言い、

「ありがとうございました」

と、嶋太郎に礼を言って土間を出た。

昼過ぎに上屋敷を引き上げてから新吾は足を向島に向けた。約束をしていたので、吾妻橋の袂で次郎吉と待ち合わせた。

吾妻橋を渡り、水戸《みと》家下屋敷の前を通ると、桜の木が並んでいる。芽吹き出した桜はもうすぐ開花する。

三囲《みめぐり》神社から牛《うし》の御前《ごぜん》社を過ぎると、いったん途絶えていた桜並木がかなたまで続いている。花見にはたくさんの人出で賑わうが、天気がいいせいか、今もひとが散策をしている。

ふと前方を乗物が行くのが見えた。供の侍が十数人。さらに、長持ちを担いだ者がついていく。贈り物だろう。

「どこの大名でしょうか。中野石翁のところに行くのでしょうね」

次郎吉が小声で言う。

新吾は早足になって近づいた。乗物の紋所は屋形船の提灯と同じ鷹の羽だ。

「岩見藩の浅間肥後守だ」

新吾は呟く。

その乗物のあとをついていくと、水茶屋が何軒か並んでいる場所に出た。そこから墨堤通りを離れ、川のほうに曲がった。

草木の中に大きな建物が見えた。大名屋敷と見紛うような広さだ。乗物は門を入って行った。

塀の向こうの御殿のような屋敷を見ながら、

「驚きましたね、こんな場所にあんな豪奢《ごうしゃ》な建物があるなんて」

次郎吉が目を瞠っている。

「ええ、想像以上でした」

門から商人ふうの男が出てきた。ひっきりなしに来客があるようだ。

「あの男、『大菱屋』という献残屋の主人ですぜ」

「贈り物を引き取りに来ているんですね」

「呆れ返るほどです」

次郎吉は感心した。

土手に並んでいた水茶屋は中野石翁の別荘を訪れた客を相手にするようだ。おそらく、順番待ちの客がそこで待っているのであろう。それほど、大勢が出入りをしているのだ。

また、新たな乗物がやって来た。どこぞの大名だ。

江戸の喧騒《けんそう》から離れた鄙びた地に、このような賑わいを見せている屋敷があることが不思議だった。

「どんな屋敷なんでしょうね。総檜《ひのき》造りの母屋には高価な置物や掛け軸に屏風《びょうぶ》があり、庭の池には錦鯉がたくさん泳いでいる。そんな感じでしょうか」

次郎吉がきいた。

「いや、想像以上かもしれませんよ」

「そうですね。ちょっと忍んで、中の様子を見てきましょうか」

次郎吉が興味を示した。

「いえ、もういいでしょう。引き上げましょう」

新吾は声をかけた。

「そうですかえ」

次郎吉は名残り惜しそうに別荘に目をやる。

新吾も別荘を見たとき、門を入って行く男を見た。横顔を一瞬見ただけだが、ある男に似ていた。

そんなはずはない。見間違いだと、新吾は自分に言い聞かせた。

だが、似ている。幻宗の施療院にやって来ていた三五郎という男だ。薬種を持ってくるということだが、新吾は三五郎が薬種以外にも施療院を営む元手を持ってきているのではないかと思っていた。

その三五郎がなぜ中野石翁のところに。

「あっ、川のほうを見てください」

突然、次郎吉が叫んだ。

新吾は川のほうに目をやった。船が草木の中を分け入ってきたのだ。

「入り堀になっているようですね」

「ええ。船で別荘の中に入れるんですね」

「さあ、行きましょう」

新吾は次郎吉を促し、さっさと墨堤通りに向かった。石翁の権勢の凄まじさを目の当たりにして、新吾は割り切れないものがあった。老中より石翁のほうが格上のようだ。これでは、石翁が幕政を動かしているのではないかと疑いたくなる。

ふと、またこめかみに痛いほどの感触があった。

「次郎吉さん。ずっと見張られていました」

「えっ」

さりげなく、次郎吉は振り返った。

「わかりませんが」

「ともかく、引き上げましょう」

新吾は墨堤通りに出た。

「我らが怪しく思えたのでしょうか」

「そうではないと思います。我々のことを知っている者がいたのかもしれません」

「ほんとうですか」

「さっきの浅間肥後守さまの供の侍が我らのほうに一瞬顔を向けたのです」

「……」

「鹿島銀次郎と八巻冬太郎もあの別荘を調べていたと思います。次郎吉さんも目をつけられてもいけませんので、もうここには来ないほうがいいですよ」

中野石翁の別荘に忍び込むことを考えているのではないかと思い、新吾は次郎吉を牽制した。

「でも、あの中がどうなっているのか気になります」

「次郎吉さん、決してひとりで軽はずみなことはしないでください」

新吾は念を押し、来た道を戻った。

間宮林蔵が訪ねてきたのは翌日の夜だった。

新吾は林蔵と伊勢町堀の人気のない場所で向かい合った。

「いかがでしたか」

新吾は待ちかねたようにきいた。

「あのあと佐倉《さくら》街道を行き、江戸川の手前で一行に追いついた。そのまま、あとをつけた。駕籠の主は確かに喜代次と呼ばれていた」

林蔵は囁《ささや》くような声で続ける。周囲にひとの気配はないが、それでも用心をしているようだ。

「一行は中山法華経寺の支院である智泉院の門をくぐった。法華経寺で祈禱を受ける者はまず智泉院を頼らなければならないので、そこまでは不審はなかった。その夜は一行は智泉院に泊まった。ところが翌日の朝になって、一行は帰路についた」

「法華経寺で祈禱を受けていなかったのですね」

「そうだ。法華経寺には行っていない。目的は智泉院だ」

林蔵は押し殺した声で、

「智泉院の住職日啓は家斉公寵愛の側室お美代の方の実父だ」

と言い、そこで間をとって続けた。

「喜代次は日啓に会いに行ったのだ。奥方の名代とはいえ、松江藩の奥女中がなんのために日啓に会うのだ」

林蔵は新吾に顔を向けた。

「中野石翁さまです」

新吾は口にした。

「中野石翁か。お美代の方の養父で、家斉公のお気に入り」

林蔵は吐き捨てた。

「喜代次さまは奥方の名代ということになっていますが、実際はご家老の宇部治兵衛さまの名代ではなかったでしょうか」

「松江藩と中野石翁が繋がっているというわけか」

林蔵は頷いて言う。

「じつは一昨日、美濃守さまにお会いしてきました」

「なに、美濃守に?」

「はい。鉄砲洲の下屋敷で。美濃守さまも私に会うことを望んでいらっしゃったということですんなり面会が叶いました」

次郎吉のことは省いて、美濃守に会ったことの詳細を話した。

「美濃守は、自分の失脚の裏に中野石翁がいると睨んでいるのだな」

「そうです」

「松江藩と鮎川河内守さまが中野石翁さまに働きかけて美濃守さまの失脚を図ったと

見ています。でも、私は松江藩と河内守さまを結びつけたのが中野石翁さまではないかと見ています」

「松江藩と河内守さまの結びつきが中野石翁によるものだとしたら、それ以前に松江藩は中野石翁に近づいていたということになるな」

「はい。どうやって中野石翁さまに近づいたか。あまたの大名が貢ぎ物を持って近づこうとしている石翁さまに取り入るのは生半可なことでは出来ません」

「それで、智泉院の日啓か」

林蔵は呟く。

「はい。美濃守さまの束縛から逃れたいと思っていたご家老は中野石翁さまに縋ろうとした。その仲介を、智泉院の日啓に頼んだ……」

新吾は考えながら、

「なぜ、日啓のことが頭にあったのか。もしかしたら、奥方さまは以前から中山法華経寺で祈禱を受けており、そのことで日啓を知っていたとも考えられます。それを、ご家老が知って仲介を思いついたか」

「いずれにしろ、美濃守の失脚の裏には中野石翁がいることは間違いなさそうだ。だが、わからないことがある」

林蔵は疑問を呈した。

「なんでしょうか」

「石翁への土産《みやげ》だ」

「土産？」

「石翁には諸大名や大身の旗本が夥しい進物とともに頼みごとを持ってやって来る。いくら日啓にとりなしを頼んだとしても、それなりの進物を用意しなければなるまい」

「そうですね」

「どうも奥が深そうだ。もう少し、調べてみよう」

林蔵は言ったあとで、

「ちょっと気になるのだが、そなたがしようとしていることは松江藩に敵対することではないか。そなたの立場が悪くなろう」

と、心配した。

「わかっております。しかし、私は松江藩を追い詰める気はありません。ただ、真実が知りたいのと、松江藩が過ちを犯しているのであれば正したい。それだけです。それが受け入れられなければ、番医師を辞めるまで」

藩医を辞めることになれば、義父の順庵は落胆するだろう。今の暮らしに満足している順庵を悲しませてしまう。それを思うと、胸が痛むが……。

「わしもそなたへの接触は慎重にしよう。わしと会っていることを知られたら、そなたも困ろう」

「間宮さまが私に接触してきていることはご家老もご存じです。なんとか言い逃れは出来ます」

「そうか。いずれにしろ、そなたに会うときは用心してかかる」

そう言い、林蔵は静かに闇の中に消えた。

三

翌朝、新吾が松江藩上屋敷に行くと、すぐに家老の宇部治兵衛からの呼び出しがあった。

新吾は家老屋敷に赴いた。

客間に通されて待っていると、治兵衛がやって来た。

「ごくろう」

「はい」

何の用だろうと、新吾は治兵衛の顔を見つめた。

「そなた、先のねずみ小僧の件で、いろいろ嗅ぎ回っているようだが」

「とんでもない。嗅ぎ回っているだなんて」

新吾は驚いて異を唱えた。

「じつは私のところに左腕を怪我した男が治療に訪れました。奉行所からの問い合わせもあり、お屋敷に忍び込んだ男かどうか、湯本どのに確かめたのです」

治兵衛は鋭い目をくれて、

「どうであったのだ？」

と、きいた。

「傷口は合っていましたが、火縄の件では食い違っておりました。その男の住まいを家捜ししましたが、火縄など持っていませんでした。それで……」

「もうよい」

治兵衛は制した。

「よいか。この件はすでに決着したことゆえ、ほじくり返すのはもうやめてもらおう」

「わかりました」

新吾は頷いてから、

「ただ、ひとつだけお訊ねしたいのですが」

と、訴えるように口にした。

「何か」

「湯本どのは女中のどなたかと会っていたのでしょうか。そのとき、屋根に賊を見つけたのなら……」

「わしの言葉を聞いていなかったのか」

「ただ、そのことだけを知りたいと思ったのです」

新吾は弁明をした。

「知る必要はない。医者には必要ないこと」

「仰るとおりです。申し訳ありませんでした」

「昨夜、そなたは伊勢町堀で間宮林蔵と会っていたそうだな」

いきなり、治兵衛が口にした。

「どうして、そのことを？」

新吾は驚いてきき返した。

「どうなのだ？」

「会っていました」

「用件は？」

「高野長英さまのことです」

新吾はとぼけた。

「長英さまが、勘定吟味役の川路聖謨さまと共に西洋に学ばねばならぬと仲間を集い勉強会を開いたのです。内容は医学や語学だけでなく、政治、経済、国防という類まで学ぶというものです。このことについて、根掘り葉掘りきかれました」

「間宮林蔵はそのことに関心を抱いているのか」

「そのようです。儒学と蘭学との対立があるのかもしれません」

「いずれにしろ、間宮林蔵と親しくする必要はない。あの者は公儀の隠密だ。そなたから、松江藩の何かを探ろうとしているのだ」

「……」

間宮林蔵と話していたことを治兵衛は誰から聞いたのか。

いつぞや、勘平が鹿島銀次郎の仲間に捕まり、銀次郎が新吾を斃《たお》そうと迫ってきたことがあった。そのとき、遊び人ふうの男が駆け込んできて、危機を脱したことがあった。間宮林蔵の手の者かと思ったが、男は否定した。

今から思うと、宇部治兵衛が差し向けた男だったのではないか。あの者は侍だ。治兵衛が隠密裏に使っている男の可能性は高い。

鹿島銀次郎らがいなくなった今、その男は新たに新吾を見張っていたのかもしれない。

だとしたら、新吾が鉄砲洲の美濃守の下屋敷を訪れたことも知っている……。治兵衛はそのことを知りながらあえて口にしなかった。

間宮林蔵と親しくするなというのは、もうこれ以上、この件に関わるなという忠告であろうか。

「番医師としての職分を逸脱してはならぬ。よいな」

「はっ」

新吾は頭を下げた。

「そろそろ御殿に出仕せねばならぬ」

「失礼しました」

新吾は家老屋敷を辞去した。

上屋敷から小舟町の家に帰ってきたとき、津久井半兵衛と升吉が来ていた。

新吾は客間でふたりと会った。

「大川から引き上げられた男の殺される前の動きがわかりました」

「動きが？」

「ええ、橋場辺りから大川に放り込まれたのではないかと睨み、あの周辺を聞き込みしていて、殺された男らしい痩せた男が橋場の渡しで対岸に渡ったことがわかりました」

「向島に……」

新吾は中野石翁の別荘を思い浮かべた。

「ただ、その先がわかりません」

「殺された男の身許はわからないのですか」

「わかりません」

「伊勢町堀の物乞いのほうは？」

「こちらも身許はわかりません。どこからも行方《ゆくえ》不明の届けもありません」

「そうですか」

新吾はしんみり言う。

「このふたりについては無縁仏として、千住回向院《えこういん》に葬られます」

「下手人の探索も難しいでしょうね」

「ええ、残念ながら」

半兵衛は言ってから、

「奉行所としてもこの両名についてはこれ以上の探索は行わないことになりました」

「ひょっとして、どこかから何か言ってきたのですか」

「……いえ」

答えるまで、一瞬の間があった。

「何かあったのですね」

新吾は迫った。

「いえ。そういうわけではありません」

半兵衛は曖昧な言い方をした。

美濃守のほうから探索を止めるように働きかけるとは思えない。鮎川河内守かあるいは中野石翁のほうからか。

屋敷に忍び込んできた賊に手傷を負わせたが逃げられた。大川に浮かんでいたのはその賊かもしれないと、中野石翁の別荘からの訴えがあったらどうか。

そんなことを想像したが、半兵衛も奉行所の上役から言われただけで詳しいことは知らされていないのかもしれない。

いずれにしろ、鹿島銀次郎と八巻冬太郎殺しは幕引きが図られたのだ。

「では、我らは」

半兵衛が腰を浮かせたので、

「津久井さま」

と、新吾は声をかけた。

「ちょっと教えていただきたいことがあるのですが」

「なんでしょう」

半兵衛は座り直した。

「下総中山にある中山法華経寺について何かご存じですか」

「中山法華経寺？　なぜ、そんなことを？」

「私の患者さんが、法華経寺に祈禱してもらいに行くと仰っていたのです」

「日蓮宗の大本山です」

「法華経寺の支院である智泉院の住職日啓は家斉公寵愛の側室お美代の方の実父だとお聞きしましたが」

新吾はきいた。

「そうです。そのため、智泉院は羽振りがいいようです」

半兵衛は答える。

「日啓とはどのようなお方なんですか」

「評判はよくありません。破戒僧であり、生臭坊主という噂です。じつは何年か前、日本橋本町《ほんちょう》の大店《おおだな》の内儀《ないぎ》さんが法華経寺に頻繁に祈禱に行くのを怪しんだ旦那がこっそり調べたら、智泉院の奥座敷で日啓は内儀と……」

半兵衛は眉根を寄せ、

「大店の旦那は奉行所に訴え出たのです。奉行所はひそかに様子を調べ、いよいよ怪しいとなって寺社奉行に相談したら、寺社奉行から拒まれたのです」

「背後にお美代の方がいるからですね」

「そうです。迂闊に手を出せない。確たる証を揃えろということです。支配違いで、満足な探索など出来ないので証など集めることは出来ません。その内儀は祈禱と称して日啓と乳繰り合っていたんですが、結局、大店の旦那は泣き寝入りです。また、その後、内儀は日啓から冷たくされ、心を病んで……。内儀は離縁されました」

「悲惨ですね」

「ええ。最近では、大奥の女中衆も智泉院に通っているという話です。あくまでも寺の中でのことなので実態を明らかにすることは出来ません。一番、厄介《やっかい》なのは女たちが喜んで祈禱に出かけているのです。これでは、どうしようもありません」

「お美代の方の養父は中野石翁さまだそうですね」

新吾はさらにきいた。

「ええ、いまもっとも権勢を誇っているお方でしょう」

半兵衛は続ける。

「隠居をし、剃髪をし石翁と名乗るようになりましたが、家斉公の話し相手としていつでも登城することが許されているんです。だから、大名や大身の旗本が賄賂を持って訪ねるのです」

「お美代の方の実父と義父は家斉公の寵愛をよいことにやりたい放題ですね」

新吾は呆れたように言う。

「そう。我が世の春を謳歌していることでしょう」

「まさにお美代の方さまさまではありませんか」

「お美代の方の美貌に目をつけた日啓は家斉公の側近である中野石翁どの、当時はまだ清茂《きよしげ》という名でしたが、石翁どのに近付き、大奥に出すように働きかけたのです。

案の定、家斉公はお美代の方に夢中になった。日啓と石翁どのの目論見どおりにことが運んだ」

半兵衛はやりきれないように、

「女ひとりのことで、ふたりの男が栄華を得るなんて」

と、溜め息をついた。

「日啓と中野清茂どのはどうしてつながったのでしょうか」

「旗本中野家の菩提《ぼだい》寺の住職が日啓だったらしい」

「なるほど」

新吾は頷き、

「お美代の方は今、お幾つなのでしょうか」

と、きいた。

「三十代後半ではないか。歳をとっても、子どもを三人産んでも、その美貌は衰えを知らないそうです」

「お子さんがいらっしゃるのですか」

「女の子が三人。一番上の溶姫《やすひめ》は加賀《かが》前田《まえだ》家に嫁いでいます」

「津久井さまは、ずいぶん詳しいのですね」

「日啓に手が出せなかった悔しさから調べたのです。いつか、あの者たちの悪事も白日の下に晒される日がくるはずです」

「ええ」

新吾も頷き、

「すみません。いろいろ勉強になりました。お引き止めして申し訳ありませんでした」

「いえ」

半兵衛は立ち上がった。

「そうだ、宇津木先生」

岡っ引きの升吉が声をかけた。

「例の次郎吉ですが、もうすっかり傷は治ったんですよね」

「ええ、治りました」

「住まいは確か、元鳥越町」

「そうです、それが何か」

新吾は訝った。

「じつは、先日、浜町堀であの男を見かけたのです。あとをつけたら高砂町《たかさご》のしもたやに入って行きました」

「浜町堀……」

その近くに後家さんが住んでいると言っていた。

「そこに年増のいい女が住んでいました。こっそり、連子窓《れんじまど》から中の様子を窺うと、次郎吉はまるで亭主気取りで、女に声をかけていたんです」

「……」

「大番屋で事情を聞いたときの次郎吉とちょっと雰囲気が違うんですよ」

「どう違うんですか」

「大番屋でのあの男はいかにもひとのよさそうな、悪いことなど何も出来ないような男に見えました。ところが、女の前ではかなり横柄《おうへい》な様子で」

「女の前だといきがっているんじゃないですか」

「そうかもしれませんが、なんだかあの次郎吉の本性は別にあるのではないかと思えましてね。案外とあの男は食わせ者かもしれません」

半兵衛も次郎吉への印象を変えていた。

「だからと言って、あの男がねずみ小僧だというわけではないんですがね」

半兵衛と升吉は引き上げた。

新吾はそれから夕方まで通い患者の治療に精を出した。

四

新吾は小舟町の家を出て、夕暮れの町を行き、深川の幻宗の施療院にやって来た。

幻宗は治療を終え、廊下のいつもの場所に座って、湯呑みの酒を呑んでいた。

新吾はそばに行った。

「先生、お邪魔します」

「うむ」

「先生は向島に豪勢な別荘を持っている中野石翁さまをご存じですか」

新吾は切りだした。

「なぜ、そんなことをきく？」

「ちょっと、松江藩と中野石翁さまの関係が気になりまして」

「中野石翁どののところには多くの大名が頼みごとで出向いている。松江藩も例外ではないかもしれぬ」

「そうですね」

「それがどうしたのだ？」

「美濃守さま失脚の裏には中野石翁さまが絡んでいるのではないかと思ったのです。もちろん、松江藩が頼み込んで」

「そういうことに首を突っ込むなと言ったはずだ」

「はい。ですが、真実を知りたいのです。鹿島銀次郎と八巻冬太郎の仇を討ってやりたいのです」

「武士の世界のことは庶民には関係ない」

「はい」

新吾は素直に応じたが、さっきから口にするかどうか、迷っていた。

「先生、また叱られるかもしれないのですが、あえてお訊ねいたします。三五郎さんのことです」

「……」

幻宗の目が鈍く光った。

「じつは中野石翁さまの屋敷に入って行く三五郎さんを見ました。一瞬だけでしたんで、見間違いということもあり得ますが、やはり三五郎さんだったような気がしてならないのです」

新吾は一歩も譲らぬという意志をみせるように身を乗り出した。

「そなたが三五郎に最後に会ったのはいつだ？」

「かなり前です」

「そなたが見たのは三五郎ではない」

「でも、似ていました」

「三五郎のことを気にしていたので、そなたはそのように思い込んだのだ」

「そうでしょうか」

新吾は腑に落ちなかった。

「もし三五郎だったとしたら、石翁どのを訪ねた理由をなんと考えるのだ？」

「それは……」

新吾は言いよどんだ。

「もうよい」

幻宗は言ってから、

「いろいろなことに首を突っ込んでいると、次から次へと自分にとっての気になることが目に見えてくる。それはよけいなことだ。そなたの性分かもしれぬが、常に医者という立場で物ごとを考えろ。医者にとって第一は目の前の患者を助けることだ。真実を知りたい、鹿島銀次郎と八巻冬太郎の仇を討ってやりたいなどとは医者の言葉ではない」

「……」

「よいか、目の前にいるたくさんの病人や怪我人を助けることが医者の本分だ。肝に銘じよ」

「はい」

またも幻宗からきつくたしなめられた。

幻宗の言葉は自分でもよくわかっている。鹿島銀次郎と八巻冬太郎の仇を討つというが、ふたりと新吾は親交があったどころか、敵対する関係であり、鹿島銀次郎には命を狙われたことがあるのだ。そんな男に、そこまでの思い入れを持つことは異常かもしれないと、新吾は思った。

鹿島銀次郎と八巻冬太郎のふたりは無縁仏として千住回向院に葬られたことでもあるし、下手人の探索も難しい。

美濃守の失脚の裏には松江藩と中野石翁が絡んでいたとしても、それを暴くことにどんな意義があるのか。美濃守はそれまでは敵の黒幕だった人物だ。その男が老中から失脚したのは自業自得であろう。

それに、幻宗の態度でひっかかることがある。三五郎のことに触れると、なぜか幻宗の言葉が厳しくなった。

三五郎は施療院を進めていくために必要な掛かりを運んでくる役目を担っているのではないかと思っていた。

幻宗はどんな患者からも薬礼をとらない。どんな富裕な患者もただで診る。どうして、そのことが可能なのか。幻宗の後ろに有力な後援者がいるのではないかと思った。

最近では、幻宗はどこぞの山奥の薬草園で朝鮮人参を栽培して、上がりを施療院の掛かりに当てているのではないかと思うようになっていた。ただ、薬草園があったとしても、薬種を育てていくものたちもたくさんいるし、施療院の掛かりを賄えるだけの上がりがあるのか。そこが疑問だった。

ところが今回、三五郎が中野石翁の別荘に出入りをしていることがわかった。だが、幻宗は三五郎の話題に触れたがらない。

幻宗と中野石翁。まさかとは思うが、考えられないことではない。かつて、幻宗は石翁の病気を直してやったことがあり、そこから結びつきが出来たということも考えられなくはない。

幻宗の施療院の掛かりは中野石翁から出ているとしたら、それは賄賂で得た金だ。

新吾の心の中から、それ以上深く考えるなと制する声が聞こえた。

幻宗の施療院から引き上げ、夜道を帰りながら、もはや今関わっていたことから手を引こうと、新吾は決意して永代橋を渡った。


翌日から新吾は医者としての務め以外のことには目を向けようとしなかった。

所詮、いくら自分がしゃかりきになっても、美濃守失脚の真相を摑むことは出来ないし、また真相がわかったところでどうにかなるものでもない。

それに、その真相を摑むことが自分の役目とは思えない。そう割り切ると、かえって気が楽になった。

詰所で過ごしていると、声がして襖が開いた。

「先生、隠居された向川さまが急に腹痛を訴えたそうです」

若い侍が呼びにきた。

向川主水介は江戸にふたりいる年寄のひとりだったが、三か月ほど前に隠居した。

年寄は家老の下で藩政を司る役目である。

「お屋敷のほうですね？」

新吾は確かめる。

「はい」

「私が行ってまいります」

玉林に言い、勘平に薬籠を持たせて、新吾は詰所を出た。

家老と年寄の屋敷が並んでいる。家老屋敷の前を過ぎ、新吾は向川主水介の屋敷の門を入った。玄関から上がり、奥の寝間に案内された。

主水介がふとんに寝ていた。

「失礼いたします」

新吾は主水介の腹部を押し、痛みの反応を確かめた。

「いつごろからでしょうか」

「痛みを感じたのは今日がはじめてだが、もっと前から気になっていた」

主水介は青い顔で言う。

「胃壁に腫れものが出来たように思えます」

新吾は触診をしてそう決めつけた。

「質《たち》の悪いものか」

主水介は不安そうに言う。

「おそらく心労からきているのかもしれません」

「……」

この向川主水介は美濃守の誘いに乗り、松江藩で抜け荷を復活させようと動いていた男だ。家老の宇部治兵衛は主水介の企みに最初は乗っていたが、途中で態度を翻した。

美濃守の失脚を予期して手を引いたと思っていたが、治兵衛は鮎川河内守と手を組み、中野石翁の力を借りて、美濃守を失脚させたのだ。

この流れを主水介は知っていたのか。おそらく、主水介の知らないところで物ごとが進行していたのに違いない。

その後、松江藩において存在感が薄くなってきて、主水介は隠居した。そういったことの苦悩が主水介を苦しめ、胃痛を引き起こしたのではないか。

新吾はもうよけいなことに首を突っ込まないと決めたところなので、そのことを確かめようとはしなかった。

「煩わしいことを考えずに、心安らかにお過ごしくだされば、じきに痛みもなくなりましょう」

「そうよな」

主水介は呟いた。

「それでは、薬を置いておきますので朝晩、お飲みくださ い」

新吾はそう言い、会釈をした。

「宇津木どの」

主水介が口を開いた。

「美濃守さまはどうなさっているか知らないか」

「気になりますか」

「うむ。隠居されたと聞いていたが、どう過ごされているか気になってならぬのだ。そなたは用人の岩田羽左衛門《いわたはざえもん》どのを知っていたな」

「はい」

「一度、岩田どのにお会いして様子をお伺いしてくれぬか」

主水介は言ってから、

「美濃守さまは思いのままに権力を振るわれ、何事にも自信に満ち、強いお方であった。おそらく、これまで挫折など知らなかったのではないか。そんなお方が老中から引きずり下ろされたのだ。さぞかし、無念の思いでいることだろうと思ってな」

「過ぎたことを考えるのはよくありません。出来たら、美濃守さまのこともお忘れになったほうが」

新吾は鉄砲洲の下屋敷で美濃守と会ったことは言わなかった。言えば、なぜ会ったのかという話になり、主水介を思い悩ませることになる。

「そうだが……」

主水介は呟き、

「ここ数日、美濃守さまの夢を見るのだ。ぜひ、どうなさっているのか知りたい」

「わかりました。それほど仰るなら」

「頼む」

新吾は請け合ってから、主水介の屋敷を辞去した。

昼過ぎに上屋敷を出て、向柳原から新シ橋に差しかかった。橋の袂に立っていた男が新吾のほうに近づいてきた。

次郎吉だった。

「お待ちしていました」

次郎吉はにやつきながら、

「じつは昨夜、中野石翁の別荘に忍び込んできました」

「ほんとうですか」

「ええ、噂以上に豪勢な造りでした。大名屋敷と同じように表御殿と奥御殿があり、表御殿は来客との応対の間。それも、相手によって使う客間は違うよううです」

次郎吉は続ける。

「石翁がいるのは奥御殿ですが、こちらのほうが目を瞠ります。若くて美しい女中が何人もいます」

「次郎吉さん」

新吾は口をはさんだ。

「いけません、危険です。中野石翁さまの屋敷は大名屋敷以上に警戒が厳しいのではありませんか」

「仰るように、警固の侍がたくさんいます。浪人じゃありません。たぶん、どこかの大名の家来もいるんじゃありませんかね」

「ますます危険ですよ。だって、ねずみ小僧は奥御殿に忍び込んで金を盗むのでしょう。それなのに、屋敷の中を探ろうなんて……。それに、私と次郎吉さんはどうも敵に目をつけられているような気がするのです」

「でも、中野石翁に興味があるのじゃありませんか」

「次郎吉さん。どうか、これ以上はこの件に関わらないように」

次郎吉が不思議そうな顔をした。

「宇津木先生。どうなさったんですね。なんか、様子が違いますけど」

「ええ、幻宗先生からお叱りを受けたのです。医者の分際で、よけいなことに首を突っ込み過ぎると。それもそうなんですが、我らが相手をするには敵が大きすぎます。中野石翁さまには奉行所とて手が出せないでしょうし、石翁さまに逆らう大名や旗本もおりますまい。無駄な抵抗でしかありません」

次郎吉の顔色が変わった。

「宇津木先生、本気でそんなこと仰っているんじゃないでしょうね」

「本気です」

「……」

言葉を失ったように、次郎吉はしばらく新吾の顔を見つめていたが、

「見損ないましたぜ」

と、溜め息をついた。

新吾は返す言葉がなかった。

中野石翁のことを調べると、幻宗との繋がりも露見しそうでこわかった。

「次郎吉さん。同心の津久井さんと升吉親分が浜町堀で次郎吉さんを見かけ、あとを

つけたそうです」

「……」

「後家さんの家に入っていくのを見られています。注意をしないと、目をつけられます」

「最後に忠告、ありがたく聞いておきます。じゃあ、これで」

「次郎吉さん」

呼び止めたが、次郎吉は振り返ることなく去って行った。

その背中には怒りが見えた。新吾は茫然と見送った。

小舟町の家に帰り、通い患者の治療に精を出した。

次郎吉のことが気になっていたが、よけいなことを考えないで医者の仕事に専念すると、患者ひとりひとりの顔が見えてきた。

今までも手を抜いていたわけではないが、年寄りの患者の不安そうな顔や、症状がよくなっていると言ったときのうれしそうな患者の顔がはっきり目に入ってきた。

暮六つ（午後六時）になって、最後の患者が引き上げ、新吾は大きく深呼吸をした。

患者に寄り添うことが出来た充実感があった。

自分の部屋に戻ったとき、香保がやって来た。

「お客さまです。お侍さま」

「間宮さま？」

「いえ、名前はおっしゃいません。鉄砲洲から来たとだけ。年配のお侍さんです」

「わかった。客間にお通しして」

鉄砲洲と聞いて、とっさに美濃守を思いだした。

新吾は客間に急いだ。

「失礼します」

新吾は襖を開けて中に入った。

やはり、美濃守の下屋敷で、新吾を迎えてくれた年配の侍だ。

「お待たせして申し訳ございませんでした」

新吾はその侍の前に腰を下ろした。

「いや、こちらこそ、夜分に」

侍は頭を下げた。

「美濃守さまから何かお言づけでも」

新吾は確かめた。至急に会いたいと言われたのかとも思った。

「じつは、美濃守さまはきょうの夕刻、逝去されました。そのお知らせに」

「今、なんと？」

新吾は耳を疑った。

「美濃守さまは亡くなりました」

「まさか、どうして？」

「ご自害なさいました」

「自害……」

「はい。老中を罷免されてから塞いでおられました」

「先日お会いしたときはとても穏やかな表情でいらっしゃいました」

新吾は胸を切なくして言う。

「はい。大殿は周囲には明るく振る舞っておられましたが、ひとりで苦しんでいたようです。何事にも動じない強いお方と思っておりましたが……」

侍は目を伏せた。

「何か言い残したことは？」

「遺書がありました」

「どんなことが？」

「鮎川河内守さまと中野石翁さまへの恨みです。このふたりは許せぬと。それから松江藩の家老宇部治兵衛のことも」

「そうですか」

宇部治兵衛のことも恨んでいたのだ。

「このお二方への怒りはすさまじいものがありました」

「なぜ、私にわざわざ知らせに？」

「先日、宇津木どのがお見えになったあと、とても楽しそうでした」

「そうでしたか」

「そのとき、こんなことをおっしゃったのです。もし、わしに何かあったら宇津木新吾にこの短刀を授けてもらいたいと」

そう言い、侍は短刀を差し出した。

黒塗りの鞘《さや》に収まった短刀だ。

短刀を抜く。行灯の明かりを受け、鈍い光を放った。

「これは見事なものです」

「鎌倉期の山城国吉光《やましろのくによしみつ》の作だそうです」

「このようなものを私がいただくわけには参りません」

新吾は鞘に納めてから返した。

「どうかお納めを。美濃守さまの形見です」

「形見……」

改めて、美濃守の死を実感した。

「美濃守さまにお目にかかることは出来ませんか」

「すでに上屋敷から殿をはじめ、大勢駆け付けておりますゆえ。いちおう、病死ということで藩医にも言い含めています」

「まだ信じられません」

新吾は呟く。

「鹿島銀次郎と八巻冬太郎が殺されたことに深く胸を痛めておられました」

「そうですか」

「宇津木どの。なんとか真相を解明していただけないか。大殿は真相はすべて宇部治兵衛が知っていると思っていました。宇津木どののなら宇部治兵衛から真相をきき出すことが出来るのではないかと」

「……」

新吾は困惑した。

もうよけいなことに首を突っ込まないと誓ったばかりなのだ。

だが、治兵衛にきくだけなら構わない。首を突っ込むわけではないのだ。そう自分に言い聞かせた。

「わかりました。ご家老の宇部治兵衛さまに確かめてみます。でも、素直に教えてくれるかどうかわかりません」

「もちろん、そんな簡単には教えてくれないでしょう。しかし、美濃守さま失脚に関して、松江藩はなんの利益も得ていないでしょう。鮎川河内守は老中になれ、中野石翁には莫大な金が入ったと思われるのに」

「ええ、そこが不思議なんです」

新吾も応じた。

松江藩は美濃守の呪縛から逃れることが出来たというだけだ。それなのに、頑なに秘密を守ろうとするだろうか。

そう思ったとき、あっと声を上げそうになった。

松江藩は美濃守の誘いで抜け荷を再開しようとした。ところが、美濃守が失脚したことで、その束縛から解放され、抜け荷からも手を引くことが出来た。宇部治兵衛も抜け荷は二度とやらないと明言していた。だが、あの言葉は嘘だったのではないか。

松江藩は抜け荷を再開した……。

松江藩としては、美濃守を排除することだけが目的で、中野石翁に近づいたのではないのか。

その際の石翁への土産は抜け荷での儲けから捻出出来る。

松江藩からの依頼と老中になりたい鮎川河内守からの依頼が一致することから、中野石翁は美濃守の失脚に動いた……。

「真相を摑み、必ず美濃守さまの墓前に報告をさせていただきます」

脳裏に宇部治兵衛の顔を浮かべながら、新吾は拳に握りしめた手を震わせて言った。

五

翌朝、新吾は上屋敷に出ると、出仕前の宇部治兵衛に会うために家老屋敷に行った。が、治兵衛はすでに出仕したということだった。表御殿の用部屋で執務をとっているらしい。

用部屋では他人の耳もあり、微妙な話は出来ない。

新吾は家老屋敷の並びにある向川主水介の屋敷の門を入った。

すぐに女中に奥の寝間に案内された。

「宇津木先生がお出でになりました」

女中が襖を開けて声をかけた。

「失礼いたします」

新吾は部屋に入る。主水介はふとんに寝ていた。

「いかがですか」

枕元に腰を下ろし、主水介に声をかける。

「痛みは引いた。だいぶいい」

「よございました」

そう言ってから、新吾は口調を改め、

「美濃守さまのことですが」

と、口にした。

「さっそく行ってくれたのか」

主水介は起き上がろうとした。

「どうぞ、そのまま」

「いや。だいじょうぶだ」

主水介はふとんの上に半身を起こした。

女中がすぐに主水介に羽織を着せ掛けた。

袖に手を通したあと、主水介は女中に、

「座を外してくれぬか」

と、声をかけた。

女中は黙って頭を下げて出て行った。

「美濃守さまはご健勝であらせられるのか」

「向川さま。どうかお心を静めてお聞きください」

「……」

主水介の顔色が変わった。

「美濃守さまは昨日、ご自害をなされたそうにございます」

「なに、自害？」

主水介は目を剝いた。

「腹を召されたとのこと」

「そんなばかな」

主水介は口をわななかせた。

「老中をやめさせられたことがかなり応えていたようです」

「強いお方だと思っていたが」

「自分を失脚に追い込んだ者に激しい怒りを持ちながら死んでいったそうです」

「誰だと思っていたのだ？」

「まず自分が失脚した後、老中になった鮎川河内守さま。そして、ご家老の宇部治兵衛さま。そのふたりの願いを聞いて動いたと思われる中野石翁さま」

「美濃守さま失脚の陰に、あの中野石翁さまがいると言うのか」

「はい。その可能性が高いと思われます。向川さまは、そのことを感じたことはありませんか」

「ない」

主水介は首を横に振り、

「ご家老はある時期から美濃守一派とみなし、わしを遠ざけた。わしが気づかないところで、着々と動いていたのだ。わしはまったく蚊帳《かや》の外だった」

と、悔しそうに言った。

「ご家老は最初は美濃守さまの考えどおりに抜け荷を再開するつもりだったのですね」

「そうだ。そう言っていた。だから、わしも安心していた」

「でも、その裏で、鮎川河内守さまや中野石翁さまと結びつき、美濃守さまの失脚を図ったというわけですね」

「そういうことなのだろう。わしはまったくの道化でしかなかった」

主水介は自嘲ぎみに口元を歪めた。

「向川さま」

新吾は声をひそめ、

「松江藩は美濃守さまがいなくなり、後顧の憂いを断ったことで改めて抜け荷を再開したということはありませんか」

と、問いかけた。

「いや。それらしきことはわしの耳に入っていない。その可能性があるのか」

主水介は逆にきいた。

「いえ。ただ、松江藩にとって美濃守さまを排斥して利になることは何かと考えたとき、抜け荷ではないかと思っただけです」

「ううむ」

主水介は呻いた。

「いかがですか」

「わからぬ。ただ、抜け荷を再開したら、何らかの話は耳に入ってくると思うが……」

「聞いたことはありませんか」

「ない」

そこに先ほどの女中が顔を出した。

「『三室《みむろ》屋』の藤兵衛《とうべえ》さまがお見えです」

「『三室屋』か」

主水介は新吾の顔を見た。

新吾は頷いた。

「ここへ呼べ」

「はい」

池之端仲町《いけのはたなかちよう》の呉服問屋『三室屋』の主人藤兵衛が美濃守と主水介の仲立ちをしていた。

『三室屋』は松江藩御用達であり、藤兵衛の妹が美濃守の側室であった。その縁から藤兵衛を介して美濃守から主水介に抜け荷の再開を持ち掛けられたのだ。

「失礼します」

襖が開き、藤兵衛が入ってきた。四十歳ぐらいの渋い感じの男だ。

新吾が来ていることを女中から聞いていたのだろう、藤兵衛は新吾がいるのにも動じることなく部屋に入ってきた。

切れ長の目に鼻筋が通っている顔を主水介から新吾にも向けた。

「藤兵衛、美濃守さまのことか」

主水介が先に口を開いた。

「ご存じでしたか」

藤兵衛は驚いたようにきいた。

「宇津木どのから聞いた」

「さようで」

藤兵衛は頷き、

「昨日、腹を召されました。昨夜、お目にかかってまいりましたが、無念そうな形《ぎょう》相《そう》をなさっておられました」

と、しんみり言った。

「まさか、ご自害なさるとは思いもしなかった」

主水介が悔しそうに言う。

「はい。豪放磊落《らいらく》なお方で、俺には怖いものは何もないと常々仰っていましたが、老中を罷免されたあとはまるで別人のようになっていました。挫折を知らないお方がはじめて味わった屈辱に耐えきれなかったのでしょう。隠居をされ、なにもかも吹っ切れて淡々と暮らしていたように思えたのですが、心の中では悶々としていたのでしょう」

「公には病死ということだが」

「はい。病死となっています。腹を切ったということが、何らかの影響を与えてはならないからでしょう」

「鮎川河内守さまへの当てつけか」

「はい。そう受け取られたら、板野家も今後やりづらくなるでしょうから」

藤兵衛は言ってから、

「ただ、私は腑に落ちないことがありまして」

と、小声になった。

「なんだ、それは？」

「はい。鮎川河内守さまのことです」

藤兵衛は顔を上げた。

「鮎川河内守さまが美濃守さまの失脚に関わっているというように言われていますが、私の知り合いの商人が言うには、河内守さまはそんな野心家ではなく、ただ実直なお方だと言うのです」

「実直なお方？」

はじめて新吾は口をはさんだ。

「はい。老中になる話を受けて、河内守さまは戸惑っていたそうです。誰かの足を引っ張って、その座を狙うなど、そのようなことをする人柄ではないと」

「河内守の名誉を守りたい方々があえて口にしていることではないですか」

新吾はあえてそうきいた。

「いえ、どなたにきいても、河内守さまは穏やかで、何かを画策するようなお方ではないと言います」

「そなたはその話を信じているのか」

主水介は藤兵衛にきいた。

「私も最初は河内守さまが何かをしたのだと思い、美濃守さまに頼まれたこともあり、河内守さまについて調べました。すると、悪い噂は聞かないのです」

「……」

新吾は胸がざわついた。

「どういうことだ？」

主水介が焦ったようにきいた。

「美濃守さまの失脚に河内守さまは関わりないのではないかと」

「なんだと。松江藩が単独で中野石翁さまに働きかけたことだと？」

「わかりませんが……」

藤兵衛は困ったような顔をした。

「もし、そうだとしたら、美濃守さまは無関係な河内守さまを恨みながら死んでいったということになりますね」

新吾はやりきれないように言う。

「そうです。そう思うと、美濃守さまが哀れでなりません」

藤兵衛は言い、

「向川さま。美濃守さま失脚に河内守さまが関わっているのかどうか、ご家老に確かめてはいただけませぬか」

と、訴えた。

「無理だ。ご家老はわしにほんとうのことは言うまい。きけば、河内守さまは関係ないと答えるに違いない。だが、それがほんとうのことかどうかわからぬ」

主水介は自嘲ぎみに言う。

「そうですね」

藤兵衛は溜め息混じりに頷いた。

「ご側室の妹ぎみの頼みか」

主水介は確かめる。

「はい。ほんとうに河内守さまが失脚に加担しているのかを知りたいと」

藤兵衛は答える。

「向川さま」

新吾は居住まいを正した。

「じつは、私はお亡くなりになる前々日、鉄砲洲の下屋敷に行き、茶室で美濃守さまにお目にかかりました」

「なに、お会いしたのか」

主水介が驚いた。

「はい。そのときは穏やかな表情で、もうすべてを割り切っておられるのかと思いましたが、ただ真相を知りたいと仰っていました」

「客が来ていたと妹が言っておりました。宇津木先生でしたか」

「はい。なぜ、私にお会いくださったのか。いま思えば、すでに死の覚悟をしていたのかもしれません」

新吾は茶を点ててくれたことを話し、

「お亡くなりになったことは、お付きの年配のお侍さまからお聞きいたしました。わざわざ、私の家を訪ねてくださったのです」

「そこまで」

藤兵衛が驚いたように言う。

「それだけではありません。形見に短刀をいただきました。鎌倉期の山城国吉光の作だそうです」

「あの短刀を?」

藤兵衛はますます目を瞠った。

「なぜ、宇津木どのにそこまで」

主水介がきいた。

「もともとは敵だったはず」

「美濃守さまの野心の先頭に立って働いていた鹿島銀次郎どのと八巻冬太郎どのが何者かに殺されました。そのことがあって私に会おうとしたのでしょう」

新吾は大きく息を吐き、

「美濃守さまは私に真相の解明を委ねたのだと思います。松江藩上屋敷に出入りをしている私に」

と、口にした。

「それでは宇津木どのは？」

主水介は確かめるようにきいた。

「真相を摑み、美濃守さまの墓前に報告をする。それが自分の使命だと思っています。どこまで出来るかわかりませんが……」

すでに新吾は幻宗の忠告を破る決意をしていた。

「今のお言葉、美濃守さまもさぞお喜びかと」

藤兵衛が涙ぐんだ。

「しかし、松江藩に仇をなすことになる。藩医を辞めさせられることになるやもしれぬ。その覚悟はおありか」

主水介が忠言した。

「はい。どのような結果になろうが、真相を突き止めてみます」

新吾は悲壮な覚悟で口にした。

第四章　林蔵の呪縛

一

その日の夕方、新吾は元鳥越町の次郎吉の長屋に行った。

次郎吉は、新吾に呆れ返って別れたままになっていた。腰高障子を開けたが、留守だった。新吾は土間に入り、上がり框に腰を下ろして待っていたが、部屋の中がますます暗くなっても次郎吉が帰ってくる気配がなかった。

さらに四半刻経ってから、新吾は立ち上がった。

土間を出た。路地に人影はない。次郎吉とばったり会うかもしれないという期待も外れた。

長屋木戸を出て、蔵前通りに向かう。新吾はなぜか今夜会えないとこのまま次郎吉に二度と会えないような気がした。

蔵前通りに出て、浅草御門を過ぎた。月影が射して明るい。浜町堀に差しかかったとき、ふと次郎吉と親しい後家のことを思い出した。

後家の家は高砂町のしもたやだと、津久井半兵衛が言っていた。新吾は高砂町に足を向けた。

すでに小商いの店の表戸は閉まっていた。しもたやをたよりに捜して、ようやく一軒の家を見つけた。

近くの家の潜り戸から商家の旦那ふうの男が出てきた。失礼しますと、新吾は声をかけた。

「あの家はどなたがお住まいでしょうか」

しもたやを指差してきいた。

「おせつさんという女の方が住んでいますよ。旦那が亡くなって、今は商売はやめていますが」

「そうですか。ありがとうございました」

新吾は礼を言って、その場から離れた。

おせつという女の家に向かった。連子窓から明かりが漏れている。

格子戸の前に立った。新吾は戸に手をかけた。が、開けようとして、思い止まった。わざわざ、仲違《なかたが》いした相手に会うために、女の家にまで押しかけるのは礼節にかけると思った。

新吾は戸から手を離し、踵を返した。

夜道を静かに帰路につき、人形町《にんぎょうちょう》通りに差しかかったとき、背後にかけてくる足音を聞いた。

新吾は立ち止まって振り返った。

「次郎吉さん」

新吾は思わず声を発した。

「宇津木先生」

次郎吉はきまりの悪そうな顔をし、

「どうして寄ってくれなかったんですかえ」

と、きいた。

「気づいていたんですか」

「ええ、あの家の住込みの婆さんが見ていたんです。もしやと思って、追いかけてきたってわけです」

「押しかけていいものか躊躇《ちゅうちょ》しましてね」

「水臭いじゃありませんか」

「次郎吉さんに叱られた身ですから」

「叱るなんてとんでもない。あっしのほうこそ言い過ぎました。この通りです」

次郎吉は頭を下げた。

「よしてください。謝るのは私のほうです」

あわてて、新吾も言う。

「じゃあ、あっしのことを許してくださるんで」

「許すもなにも、次郎吉さんの仰ることのほうが正しいですから」

「いえ、宇津木先生のお立場を考えもせずに勝手なことを言いまして」

ちょうどひとが通りかかったので、次郎吉はあとの声を呑んだ。

ふたりは近くに見えた三光《さんこう》稲荷神社に向かった。

小さな神社の境内《けいだい》に人気はなかった。

「次郎吉さん。美濃守さまがお亡くなりになったのです」

新吾は境内に入るや、いきなり口にした。

「えっ」

次郎吉は目を剝いた。

「腹を切ったんです」

「嘘でしょう。だって、そんなふうに見えなかったじゃありませんか」

「ええ。平静を装っていても、内面では苦しんでいたようです」

「信じられません」

次郎吉はやりきれないように言う。

「美濃守さまは私に真相を突き止めるよう託したのです。次郎吉さんが仰ったように、私はもう逃げてはいられません。どうか、手を貸していただけませんか」

「もちろんですぜ」

次郎吉はすぐ応じたが、

「でも、だいじょうぶなんですかえ。宇津木先生にはいろいろなしがらみがあるんじゃありませんか」

「ええ。でも、ひととしてこのことを見捨ててはおけないのです。その結果、私にどんな制裁が待っていようが逃げるわけにはいきません」

そう言ったとき、新吾ははっとして鳥居の外に目をやった。人影が動いた。

新吾はそこに向かって駆けた。しかし、通りには誰もいなかった。

「どうしたんですね」

「誰かが様子を窺っていました」

新吾は厳しい顔で言う。

「何者かが私たちを見張っているんです。次郎吉さん、十分に気をつけてください」

「わかりました」

次郎吉は答えてから、

「でも、いったい何者なんでしょう」

「ひとり、気になる男がいるんです」

新吾はひとりの遊び人ふうの男を思い出しながら、

「鹿島銀次郎たちと闘っているとき、助けてくれた男がいるんです。遊び人ふうの身《み》形《なり》をしていましたが、侍のようでした」

「侍？」

「私は松江藩の江戸家老宇部治兵衛さまがつけてくれた者と思っていました。おそらく、その男ではないかと」

「ご家老がなぜ？」

「ご家老の宇部治兵衛さまに声をかけていただき、私は松江藩の藩医になったのです。

そのときから目をかけていただいていました」

新吾は懐かしむように目を細め、

「ご家老は小間物屋の喜太郎《きたろう》というひとに私のことを調べさせたのです」

三十前後の鼻筋の通った目付きの鋭い男で、単なる小間物屋とは思えなかった。その後、喜太郎に会う機会はなかった。

「あの遊び人ふうの男もご家老が私的に使っている男ではないかと、その当時は思っていました」

「ええ、そう思えますね」

次郎吉も頷いた。

「でも、今から思うと、ほんとうにご家老の手の者だったのか」

「どういうことですね」

「以前に、ご家老にその男のことを訊ねたことがあります。ご家老は否定しました。もし、そうだとしたら否定する必要はなかったと思うのです」

「でも何らかの理由で正直に言えなかったのかも」

「ええ、それも考えられますが、ご家老なら、そこまでして私の動きを監視しないと思うのです」

「では、別の誰かが？」

「ええ、ただ、その男の報告はご家老にも届いているようなのです」

間宮林蔵と会っていたことを宇部治兵衛は知っていたのだ。

「おそらく、その男は私と次郎吉さんのことも調べ上げていると思います」

鹿島銀次郎と八巻冬太郎を殺したのも、その男ではないかと新吾は見ている。

「その男は別に危害を加えようとはしませんね」

「ええ、私たちが松江藩に近い者だからです。ただ、そうであっても、これから核心に近づいていけば、私たちを始末しにかかるかもしれません」

「恐ろしい男のようですね」

「ええ、鹿島銀次郎一味の浪人を簡単にやっつけました。かなりの腕の男です」

新吾は言い、

「細身のしなやかな体つきで、眉が濃く、眼光の鋭い男でした」

と、付け加えた。

「わかりました。心に留めておきます」

次郎吉も厳しい顔で答えた。

新吾は次郎吉と別れ、小舟町に急いだ。

途中、常に背後に注意を払ったが、つけられている気配はなかった。すでに、小舟町の家のことは知られているはずだから、あとをつける必要はないだろうが、敵は新吾が誰に会うかを気にしているようだ。

小舟町の家に、新吾を訪ねて誰かがやって来ているかもしれないのだ。

果たして、新吾が家に帰ると、香保が文を寄越した。

「間宮さまの使いの方が」

新吾は受け取って、文を開いた。

明日夜、幻宗の施療院の裏手で待つ。籠脱け。林と記されていた。

「籠脱けか」

新吾は林蔵もかなり用心していると思った。

翌日の夕方、新吾は小舟町の家を出て、深川に向かった。

永代橋を渡っていると、川から三味線の音が聞こえてきた。思わず、欄干に寄って川を覗いた。

屋形船だった。どこかの商人が船遊びをしているのだ。

岩見藩の浅間肥後守がまた中野石翁をもてなしているのかと思った。美濃守の話では、肥後守は派手好きだそうだ。

屋形船は橋の下を通りすぎていった。新吾は欄干から下を覗くふりをしてやって来たほうを横目で見た。

不審な人物は見当たらないが、怪しまれるような風体《ふうてい》はしていまい。背後を職人体の男や商人が通りすぎていった。

その中に、例の男がいたかもしれない。幻宗の施療院に先回りをしていることも考えられる。

新吾は欄干から離れ、先を急いだ。

ふとそのとき、岩見藩も松江藩と同じ山陰方面にあることに思い至った。そのことが頭から離れないまま、橋を渡り、佐賀町を突っ切った。

小名木川沿いの道に入っても岩見藩浅見家のことが気になってならなかった。それでも、つけられていないかを確かめる余裕はあった。

常盤町二丁目の角を曲がる。八百屋、惣菜屋、米屋など小商いの店が並ぶ通りを過ぎた。客に混じって敵が先回りをしていることも考えた。

辺りに注意を向けながら、幻宗の施療院にやって来た。辺りは暗くなっていた。

新吾は戸を開けて、中に入る。土間にはまだ履物がたくさんあった。

新吾は黙って上がり、おしんに挨拶をした。

「おしんさん、裏口から出たいんです」

新吾はひそかに頼む。

「何かあったのですか」

「ええ。ちょっと」

「わかりました。どうぞ」

何かを察したように、おしんは台所まで案内してくれた。

「すみません」

新吾は裏庭に出た。草木の向こうに大名の下屋敷の塀が続いている。そこに近づくと、暗がりから草木を踏む音がした。

顔を向けると、饅頭笠に裁っ着け袴の間宮林蔵が現れた。

「誰にも気づかれてはいないな」

林蔵は確かめた。

「だいじょうぶです」

「よし」

林蔵は安心したように言った。

「隠密仲間に中野石翁についてひそかに調べている者がいる」

「どなたかの命令で？」

家斉公の覚えめでたい石翁を調べることは、家斉公への敵対ではないのかと思った。

「誰かわからぬ。ここだけの話だが、家斉公は齢六十を超えていなさる。いつまでもお達者でいるわけではない」

林蔵は声をひそめ、

「もし、家斉公に万が一のことがあれば、中野石翁の権勢など一挙に崩れ去るは必定。なれど、その場合でも、新たに権力を振るうことは出来ないだけで、それまでに蓄財したものは安泰だ。そのことを承服しない者もいる」

「つまり、財産も取り上げるということですか」

「それだ。それには罪状が必要だ。そのために、今から石翁の悪事を調べ上げておくということだ」

「派手な権勢の裏ではひそかに破滅が……」

美濃守とてそうだった。ある日、突然、老中の座から引きずりおろされたのだ。

「権力など所詮儚《はかな》いものだ」

林蔵は言ってから、

「その者が言うには、松江藩と中野石翁のつながりはわからないと言っていた」

「わからない？」

「つまり、つながりを承知していないそうだ」

「松江藩は中野石翁さまに賄賂を贈ったりしていないということですね」

「そうだ」

「確かに今までは中野石翁さまとは縁がなかったかもしれません。つながりが出来たとしたら、ここ数か月のことです」

新吾は訴える。

「それもないらしい。その者は、向島の別荘を訪れる客をいちいち調べ上げている。それこそ何月何日にどこそこの誰々が訪れた。そして、その後、その者がどうなったかを探っている。賄賂の結果がどうなったかをだ」

林蔵は息継ぎをし、

「おそらく、松江藩に変化はないはずだ。嘉明公が幕府の要職につくということはなかろう」

「……」

「もちろん、幕府の普請工事を割り振られたくないのでそれを忌避したいために中野石翁に頼むこともありうるが、今は幕府に大工事の予定はない」

「どういうことなのでしょうか。では、なぜ、家老の宇部さまは美濃守さまの失脚を知っていたのでしょうか。それに」

新吾は急いだように続ける。

「鹿島銀次郎どのは私との話し合いの中で何かに気づいたのです。それが中野石翁さまだったのではないでしょうか。美濃守さまも中野石翁さまのことを仰っていました」

「うむ。そこがわからぬ」

林蔵は呻くように言う。

「智泉院の日啓との関係はいかがですか」

「確かに、奥女中の喜代次が智泉院に泊まっている。日啓を介して松江藩が中野石翁と結びついたと考えられる。しかし、肝心の石翁との接点が見つからない。よほど、うまく別荘に訪問をしているのか」

「藩主嘉明公はずっと国許でした。ですから、石翁さまに会うとしたら家老の宇部治兵衛さまでしょうが……」

「まさか、宇部治兵衛は身分を隠して訪問するはずはなかろう」

「ええ、そんなことする必要はありません」

ふと、賑やかな屋形船が新吾の脳裏を掠めた。岩見藩浅見家の屋形船だった。中野石翁を接待してのどんちゃん騒ぎではなかったか。

宇部治兵衛もどこかに中野石翁を招いたのではないか。いや、別荘には船でいけるのだ。入り堀が別荘の庭にまで入り込んでいる。

「間宮さま。中野石翁さまの別荘には大川から船で入れます。家老の宇部さまは船で訪問したのでお仲間の見張りに引っ掛からなかったのでは？」

新吾はきいた。

「いや。石翁は船での訪問は認めていない。家斉公以外はだめだ」

林蔵は言下に否定した。

「先日、さる大名が屋形船でどんちゃん騒ぎをしていました。紋所は鷹の羽。美濃守さまは、岩見藩浅見家の紋所で、中野石翁さまを接待しているのではないかと仰っていました。あの屋形船に宇部治兵衛さまも同席していたとは考えられられませんか」

「岩見藩浅見家だと？」

林蔵の目が鈍く光った。

「何か」

「岩見藩と松江藩は隣国同士だ」

「はい」

「国境《くにざか》いでもめていたはずだ」

「もめていた？」

「仇同士が同じ船にとは信じられぬが」

林蔵は言ってから、

「それとも中野石翁の仲立ちがあって手打になったか。いや、石翁はそんなことに口出しをするとは思えぬ」

「……」

「しかし、何かあったのかもしれぬな」

林蔵はふと新吾の顔を見つめ、

「どうかしたか」

と、きいた。

「ええ、ちょっと妙なことを思いだして」

新吾の頭の奥のほうで何かが閃きかけていた。それが何かわからない。

「なんだ？」

「ご家老の宇部さまは私が間宮さまに会うことに神経を尖らしているようなんです」

「どういうことだ?」

林蔵は不審そうな顔をした。

「わかりません。抜け荷をやめた今、間宮さまに調べられて困ることは何もないはずですが」

「松江藩はまだ続けているのではないだろうな」

「まさか」

新吾はそう答えたもののあとの言葉が続かなかった。

しばらく押し黙っていた林蔵が顔を上げた。

「こっちから仕掛けよう」

「仕掛ける?」

「そうだ」

林蔵は不敵に笑った。

林蔵が何を考えたかわかった。新吾は溜め息をついて大きく頷いた。

二

翌朝、新吾は松江藩上屋敷に行くと、すぐに家老屋敷を訪れた。

客間に通されて四半刻以上経った。新吾は部屋の真ん中でじっと宇部治兵衛を待った。

ようやく襖が開いて、治兵衛が現れた。

「待たせた」

厳しい表情で言い、治兵衛は腰を下ろした。

「早朝から押しかけて申し訳ありません」

新吾は頭を下げた。

「さっそく用向きを聞こう」

「はっ。美濃守さまがお亡くなりになったことをご存じでいらっしゃいますか」

新吾は切りだした。

「聞いた」

「腹を召されたのです」

「腹を……」

治兵衛は眉根を寄せた。

「病死ということであったが?」

「自害でした」

「そうであったか」

冥福を祈るように、治兵衛は目を閉じた。

「美濃守さまは鮎川河内守さま、中野石翁さま、そしてご家老さまを恨んで亡くなったということです」

治兵衛の目が鈍く光った。

「しかしながら、鮎川河内守さまについては美濃守さまの誤解だったのではないかと」

新吾は言う。

「なぜ、そなたは美濃守さまのことに詳しいのだ?」

「お亡くなりになるふつか前に、鉄砲洲の下屋敷にお伺いをし、美濃守さまにお目にかかりました」

新吾はその経緯を語った。

「松江藩から五千両の金を奪い、さらに松江藩から甘い汁を吸おうとしたお方に肩入れをしていたのか」

「いえ、何者かの手により、老中の座を引きずりおろされたお方としてお会いしました」

「……」

「ご家老さま。途中までは美濃守さまの目論見どおりにことが運んでいたはずです。それがどうして急に……」

「宇津木新吾、そなたは藩医である。出過ぎた真似をするでない」

「出過ぎた真似をしていることは承知しております。しかし、私はこの件にずっと関わってきました。真相を知りたいのです」

新吾はひざを進め、

「中野石翁さまとはどのようなご関係なのですか」

「関わりはない」

「先日、奥女中の喜代次さまが中山法華経寺に祈禱に行かれました。実際は家斉公側室お美代の方の実父である日啓どのが住職をしている智泉院に行かれただけとか」

治兵衛はじろりと見て、

「誰からきいたのだ？」

と、鋭くきいた。

「間宮林蔵さまです」

新吾はあえて林蔵の名を出した。

「なぜ、あの男はそのようなことを調べているのだ？」

「まだ、松江藩を疑っています」

「疑う？　何をだ？」

「抜け荷です」

「……」

「どうなのですか」

「抜け荷はやっていない」

治兵衛は言ったが、表情は厳しかった。

「それからもうひとつ。岩見藩浅見家との関係です」

「なに」

治兵衛が目を剝いた。

「松江藩と岩見藩は隣国同士。国境いの件で、長い間揉めているそうですね」

「間宮林蔵か」

「はい。間宮さまはそう仰っていました。いかがですか」

「国境いの件は昔からだ」

治兵衛は不快そうに言う。

「奥女中の喜代次さまのことですが、奥方さまの代参ということですが、そうだとしたら奥方さまは何を祈願しようとしたのでしょうか」

「それは奥方の問題だ。我らが口出しすることではない」

「いえ。喜代次さまは祈禱を受けていません。智泉院の日啓どのに会いに行っているだけです。どうしても、中野石翁さまと結びついてしまいます」

治兵衛は黙って聞いている。

新吾がどこまで知っているのか、すべてを吐き出させようとしているのかもしれない。

治兵衛の腹の内を見定めながら、新吾はあえて知っていることを口にした。

「間宮さまが仰るには中野石翁さまの向島の別荘に、松江藩のどなたかが出入りをしている形跡はないそうです」

治兵衛の眉がぴくりとした。

「なぜ、そんなことが言えるのだ?」

「中野石翁さまのところに出入りをする方々を見張っているのではありませんか」

「……」

治兵衛は難しい顔をした。

「松江藩と中野石翁さまの結びつきはわかりませんでした。でも、向島の別荘だけが顔合わせの場ではありません」

新吾は言葉を切り、間をとってから、

「先日、永代橋を渡っているとき、三味線や太鼓の音が賑やかな屋形船を見ました。提灯の紋所は鷹の羽。岩見藩浅見家のものだそうです」

「……」

「岩見藩はかなり石翁さまに近づいているそうです。ご家老は岩見藩の屋形船に招かれたことはありませんか」

「ない」

治兵衛は否定したが、表情は厳しいままだ。

新吾は話題を変えた。

「去年、美濃守さま配下の鹿島銀次郎に襲われたとき、私たちに助太刀をしてくれた男がおりました。最初は間宮林蔵さまの配下かと思いましたが、違いました。では、ご家老がつけてくれたお方かと思いましたが、ご家老は否定されました。あの男は誰か」

新吾は息継ぎをして、

「遊び人の格好をしていましたが、侍です。かなり、腕が立ちます。私はその男が鹿島銀次郎を殺し、さらに八巻冬太郎を殺したのではないかと見ています」

「その男は何者だと思っているのだ？」

「中野石翁さまの手の者か、あるいは……」

「あるいは？」

治兵衛は射るような視線を向けた。

「岩見藩浅見家のお方」

「ばかばかしい」

治兵衛は嘲笑《ちょうしょう》を浮かべ、

「なぜ、岩見藩の者がそなたに手を貸すのだ？」

「私にではありません。松江藩にです」

「ますますわからんことを」

治兵衛は冷笑を浮かべ、

「さっきも話に出たが、隣国同士というのはどうしても国境いの問題を抱える。我が藩もそうだ。昔からいがみ合ってきたのだ。そんな岩見藩が我が藩に手を貸すなどありえぬことだ」

治兵衛は激しく言ったあとで、

「思えば、そなたはわしが美濃守さまの失脚を知っていたのではないかと疑っていたな。わしがまともに答えなかったのがいけなかったのだ」

と口調を変え、さらに続けた。

「そなたの言うとおりだ。美濃守さまの失脚をわしはあるお方から聞いていた」

「どなたですか」

「日啓どのだ」

「えっ？」

思わぬ話の展開に驚いて、新吾はきき返した。

「これは話すまいと思っていたのだが」

治兵衛は深く吐息《といき》をついてから、

「抜け荷の件で、奥方は心を痛めていた。殿は国許におり、ひとりで悩んでいた。そんなとき、喜代次の実家では中山法華経寺に帰依しており、そのことを喜代次は奥方に話されたそうだ。奥方は藁《わら》にも縋る思いで、祈禱をお願いしようとした。わしもそのことの相談を受けた。だが、中山法華経寺は日帰りは出来ぬ。殿の留守中に奥方に万が一のことがあってはいけないので、喜代次が代参することで許したのだ」

「……」

「何回目かに、喜代次は住職の日啓どのから老中の美濃守さまは近々罷免されると聞いたのだ」

「なぜ、日啓どのは喜代次さまにそんな話をしたのでしょうか」

「祈禱の内容が、美濃守さまからの解放だったことを日啓どのは知っていて、あえて教えてくれたそうだ」

「どうして、日啓どのはそこまでしたのでしょうか」

「謝礼を弾んだからかもしれぬ。あるいは、喜代次は日啓どのと男女の仲に……。いや、このことは詮索せぬことに」

治兵衛は言ってから、

「喜代次からその話を聞いて、わしは信用した。お美代の方の実父であるからだ。だから、美濃守さまの言うことはもはや聞くまでもないと方針を変えたというわけだ。

抜け荷から撤退するとな」

「……」

新吾はしばし言葉を失っていたが、

「では、美濃守さまを失脚させたのはどなたですか」

と、やっと口にした。

「わからぬが、河内守さまだと思っていた」

「河内守さまは老中になろうという野心などなかったそうです」

「それはどうかな」

治兵衛は口元を歪め、

「そんな野心を見せつけていたら、疑われるのは目に見えているではないか」

「しかし、河内守さまはそんな野心家ではなく、実直なお方だと」

「そう言っているのは河内守派の者ではないのか」

「……」

一見、治兵衛の説明はもっともらしいが、肝心なことが抜けている。岩見藩浅見家との関係だ。

しかし、治兵衛の言い分を追及するだけの証は持ち合わせていなかった。治兵衛は

自分の言い分が伝わったと思ったのか、にやりと笑い、

「そうそう、そなたはねずみ小僧が忍び込んだときの湯本善次郎の動きを気にしていたようだな。そのことにも触れておこう」

と、続けた。

「あの夜、わしは日啓どのへの文を湯本善次郎に喜代次に渡してもらうように命じていた。だから、湯本善次郎はこっそり女中部屋に行き、喜代次を呼び出し、わしの文を手渡した。その帰りに、御殿の屋根に賊を見たのだ」

「……」

「湯本善次郎は女中部屋に近づいたことを隠したかったので、詰所の前から賊を見つけたと口にした。ところが、そこからでは屋根の賊に気づかないとの指摘に、とっさに火縄の火を見たと嘘をついたというわけだ」

「でも、最後には女中部屋の近くで見たと主張を変えました。なぜ、でしょうか」

「ねずみ小僧が万が一捕まった場合、嘘がばれるからだ。湯本善次郎は女中部屋に忍んで女中を呼び出そうとしたが、賊を見つけ、賊の退治を優先させた。その功に免じてそのことは不問にするということで、あのような結論にしたのだ」

治兵衛は膝をぽんと叩き、

「以上だ。納得いったか」

と、話を切り上げるように言った。

「お話しくださり、ありがとうございました」

新吾は頭を下げた。

「わかればそれでよい。わしがここで話したことは他言せぬように」

治兵衛は腰を上げた。


新吾は詰所に戻った。

玉林が不思議そうな顔で、

「宇津木どの。何かあったか」

と、きいた。

「何がでしょうか」

「ずいぶん、深刻そうな顔をしているのでな」

「そうですか。ちょっと考えごとをしていましたので」

「ほう、何を考えていたのだ？」

好奇心を剝きだしにして、玉林はきいた。

「いえ、なんでもありません」

「そうか」

新吾は会釈をして、自分の席についた。

治兵衛の言葉をもう一度振り返る。

確かに、奥方が御家に降り掛かっている災厄を振り払うために中山法華経寺の祈願を思いつくことはあり得ない話ではない。その代参で喜代次が遣わされたことも首肯《しゅこう》出来ないこともない。

法華経寺の祈願は智泉院を通さねばならない。喜代次と日啓が親しくなる可能性もなくはない。

しかし、美濃守を追い落とすような祈禱を日啓に話すだろうか。このことが美濃守に伝わりでもしたら、松江藩はたいへんなことになる。あくまでも、祈禱の内容は御家の安泰祈願であろう。だとしたら、日啓が美濃守失脚の話を喜代次にするとは思えない。たとえ、寝物語にせよ、美濃守の話題が出るとは考えづらい。

「宇津木どの」

声をかけられ、新吾ははっと我に返った。

玉林が立って、新吾を見下ろしていた。

「だいじょうぶか」

「ええ。すみません」

「急患のようだ。行ってくる」

そう言い、玉林は詰所を出ていった。

新吾はまたも日啓と喜代次のことに思いを馳せた。

三

上屋敷からの帰り、新シ橋の袂で次郎吉が待っていた。

「宇津木先生、薬研堀《やげんぼり》の『武蔵屋《むさしや》』って船宿で面白いことがわかりましたぜ」

「船宿？」

「ええ。そこで、岩見藩の屋形船を預っているそうです」

「岩見藩の屋形船？」

「ええ。藩主の浅見さまはそこまで乗物でやって来て、船に乗り込むそうです。船頭にきいたら、中野石翁さまの向島の別荘には何度も屋形船をつけたことがあるそうです。去年の秋ごろから、その船にどこぞの藩のご家老も乗り込んでいるようですぜ」

「ええ、浅見さまの家来が、ご家老どのと呼んでいたそうです。自分のところの家老ではなく、客人として招いたようだと言ってました」

「ご家老？」

「よく、船頭さんがお客のことを話してくれましたね」

新吾が訝ってきいた。

「その船頭、柳橋に好きな女子《おなご》がいるそうです」

「柳橋に？」

「芸者です。気を引くためにも金が必要なようで」

「金で？」

「ええ、まあ」

次郎吉はにやりと笑った。

「その船頭さんに会えますか」

「ええ、もちろん」

「では、これからその船宿に案内していただけますか」

新吾は逸る気持ちを抑えながら言う。

「そのつもりでしたから」

新吾は次郎吉の案内で、薬研堀にかかる元柳橋を渡り、大川端に面して建っている『武蔵屋』の前にやって来た。

「ちょっと待ってください。呼んで参ります」

次郎吉は『武蔵屋』の店先に向かった。

しばらくして、細身ながら筋骨たくましい若い男を連れて、次郎吉が戻ってきた。

三人は船宿から少し離れて立ち止まり、

「すまねえ。例のご家老どののことで教えてくれ」

と、次郎吉が若い船頭に声をかけた。

「へい」

「そのご家老はいくつぐらいでしたか」

新吾はきいた。

「四十半ば過ぎで、恰幅《かっぷく》のよいお方でした。ここに来るときは頭巾をかぶっていましたが、船に乗るときは頭巾を外していました」

船頭は答える。

「どんな顔をしていましたか」

「眉が濃く、鼻が大きかったと思います」

宇部治兵衛に特徴が似ている。

だが、これだけでは、宇部治兵衛だとは決めつけられないが、治兵衛に間違いない。

「あなたはその屋形船に乗り込んでいるのですね」

「ええ」

「そのご家老が乗ったとき、船は中野石翁さまの向島の別荘に行ったのですか」

「ええ、行きました」

「そうですか。で、船の中の様子はわかりますか」

「いえ、わかりません。あっしらは屋根の上にいることが多いですから」

「芸者衆も乗っているんですか」

「ええ。乗ってました」

「芸者さんはその家老の名を聞いていないでしょうか」

新吾は確かめる。

「確かめていただけませんか」

中野石翁なり岩見藩浅見公なり、名を呼んだはずだ。

「わかりました。きいてみます」

「お願いします」

「今夜までにきいておいてもらえますか」

新吾は頼んだ。

「わかりました。じゃあ、夜の五つに元柳橋の袂で待っててください」

「すまないね」

次郎吉はまた新たに金を握らせた。

「どうも」

船頭は頭を下げた。

「じゃあ、頼みましたよ」

次郎吉は船頭を見送った。

「あの男はそんないい加減な奴じゃありません。ときどき、猪牙船《ちょきぶね》で深川まで送ってもらうんですが、まっとうな男です」

「そうですか」

「今夜、どうしますか。直接、元柳橋の袂で待ち合わせましょうか」

「ええ、五つ前に行きます」

「わかりました」

そこで、次郎吉と別れ、新吾は武家地を抜けて浜町堀を越えて小舟町の家に帰った。

夜、夕餉を終え、酒を呑んでいる順庵に断り、新吾は家を出た。

月はないが、星明かりで提灯は必要なかった。浜町堀を越え、武家地を抜けて元柳橋までやって来た。

川っぷちの船宿の明かりがきらめいている。屋形船も大川に出ていた。桜は芽吹きはじめたが、夜桜見物にはまだ早い。

新吾は橋の袂に立った。まだ、次郎吉は来ていなかった。五つまで間がある。新吾は夜風を受けながら、ご家老と呼ばれた男のことを考えた。

もし、宇部治兵衛ではなかったら、すべて新吾の思い過ごしであり、治兵衛の言葉が正しかったということになる。

しかし、治兵衛であれば、治兵衛の発言はすべて嘘だったということになる。昼間会った船頭の返事が待ち遠しかった。

五つをまわって次郎吉がやって来た。

「遅くなりまして」

「何かあったんですか」

「ええ。長屋の木戸を出てから岡っ引きにあとをつけられてました。それで、遠回りをして撒いてからここに来たんです」

「升吉親分ですか」

「そうです」

「ねずみ小僧の疑いは晴れたようなことを言ってましたが」

新吾は首をひねった。

「次郎吉さん、しばらくはおとなしくしておいたほうがいいですね。どこかの屋敷に忍び込むところを見届けようとしているのかもしれません」

「でも、いったい、どうして急に……」

次郎吉も不思議そうな顔をした。

まさかと新吾は思った。

ときたま何者かの視線を感じていた。常に見張られていたのかもしれない。ひょっとして、美濃守の屋敷に赴いたときもつけられていた……。

次郎吉をねずみ小僧だと疑っている男がいるのだ。その男が岡っ引きに垂れ込んだのではないか。

そのことを口にしようとしたとき、

「来ました」

と、次郎吉が口にした。

昼間の船頭がやって来た。

「遅くなりました」

船頭は頭を下げた。

新吾はおやっと思った。

黙って突っ立ったままなので、表情が硬い。

「どうしたんだね」

次郎吉がきいた。

「わかりませんでした」

「わからない？」

「芸者や幇間などは船に誰が乗っていたのかを他言することを禁じられているそうで
教えてくれませんでした」

「あなたにも話そうとしないんですか」

「はい。他の姉さん方にもきいたのですが、教えてくれませんでした。すみません、
お役に立てず」

「いえ、仕方ありません」

この船頭に上屋敷に来てもらって宇部治兵衛を見てもらうことも考えたが、それも

難しそうだった。

「また、改めてきいてみます」

船頭は言った。

「じゃあ、ときたまおまえさんのところに顔を出すから、きいておいてくんな、いいね」

「へえ、わかりました。じゃあ、仕事がありますので」

船頭は引き上げて行った。

「予想外でした」

次郎吉が舌打ちするように言った。

「やはり、用心していますね、おそらく、ご家老のことも名を呼ばないようにしていたかもしれませんね」

「でも、岩見藩も中野石翁も名を出していますぜ」

「そこに松江藩の家老宇部治兵衛さまがいることは隠さねばならないことだったのではないでしょうか」

「なぜ、でしょうか。なぜ、松江藩がそこにいてはいけないのでしょうか」

次郎吉は首をひねる。

「そこが核心かもしれません。かえって手掛かりを与えてくれたのかもしれません。なぜ、松江藩がいっしょにいたことがわかるのは拙《まず》いのか」

何か思いつきそうな気がしていたが、まだ閃かなかった。

「岩見藩の上屋敷に忍び込んでみましょうか。松江藩とのつながりを示す何かが見つかるかもしれません」

「次郎吉さん」

新吾ははっとして口にした。

「升吉親分に垂れ込んだ者の狙いはそれです。おそらく、次郎吉さんに撒かれた升吉親分は今頃、岩見藩の上屋敷周辺を見張っているんじゃないでしょうか」

「どういうことですね」

「垂れ込みは、次郎吉さんがねずみ小僧で、次の狙いは岩見藩の上屋敷だという内容だったのではないでしょうか。つまり、岩見藩の上屋敷に忍び込まれないように牽制しているということです」

「なんと……」

「敵は常に私たちを監視しているんです」

「鹿島銀次郎と八巻冬太郎を殺した男ですね」

「そうです。その男は常に私の動きを見張っているのです。ここにきて、次郎吉さんの動きも押さえ込もうとしているんです」

「じゃあ、今もどこかから見張っているかもしれませんね」

次郎吉は緊張した声を出した。

「おそらく。遠くから見張っているはずです」

「でも、まったく気配はないですね」

「ええ。そういったことに長けた者です。剣の腕も立つでしょう。鹿島銀次郎を殺したほどの男ですから」

「岩見藩の上屋敷に行ってみます。升吉親分がほんとうに見張っているかどうか」

次郎吉は厳しい顔で言う。

「いけません。升吉親分にばったり会ってしまったら、どう取り繕うのですか。今夜はおとなしく引き上げてください。代わりに私が様子を見てきます」

「いけません」

「私ならだいじょうぶです。うまく言い繕えます」

「敵はまた宇津木先生のあとをつけて行くんじゃありませんか。核心に近づいてきたら、命を奪おうとするかもしれませんぜ」

「じつは現れるのを待っているんです」

「……」

「屋形船まで調べたことで核心に近づいていると恐れたはずです。だから、私を始末しようと決めたはずです」

「危険じゃありませんか」

「あの男はすべてを知っているはずです」

「でも、相当腕が立つんでしょう」

「ええ。でも、あの男に会わなければ真相にたどり着けません」

新吾は悲壮な覚悟で言う。

「あっしもごいっしょします。升吉親分に気取られないように注意します」

次郎吉は言う。

「いけません。次郎吉さん。今夜はこのまま引き上げてください」

「でも」

「私はだいじょうぶです」

新吾は次郎吉を説き伏せた。

「わかりました。じゃあ、高砂町の女の家に行きます」

次郎吉はようやく納得した。

浜町堀を渡り、高砂町で次郎吉と別れ、新吾は伊勢町堀を過ぎ、岩見藩の上屋敷がある木挽町に向かった。

つけられていると思った。新吾は気にせず、京橋川《きようばし》を渡り、三十間堀《さんじつけんぼり》に沿って木挽橋のほうに向かった。

木挽橋の袂で左に折れ、武家屋敷地のほうに曲がる。

やがて、岩見藩上屋敷が見えてきた。新吾は塀沿いを裏手にまわった。辺りに気を配りながら歩いていると、草むらに人影が見えた。

星明かりに浮かんだのはやはり升吉とその手下だった。そのことを確認して、新吾はその場から離れた。

やはり、想像したとおりだ。升吉は次郎吉をねずみ小僧だと疑い、行動を監視しているのだ。今夜、尾行を撤かれたので、岩見藩上屋敷を警戒したのだ。

岩見藩上屋敷の裏手は采女《うねめ》が原《はら》の馬場がある。新吾はあえて暗い場所に向かった。馬場はひっそりとしていた。昼間は見世物《みせもの》小屋や水茶屋が出て賑わう場所も暗闇に沈んでいた。

背後からの足音が迫ってくるのを感じた。

新吾は立ち止まって振り返った。暗い道に人影はない。とっさに暗がりに身を潜めたようだ。

新吾は黙って立っていた。やがて、ひとの気配がした。

黒い影が闇に浮かんだ。

「待ってました」

新吾は声をかけた。

黒い影はゆっくり近づいてきた。侍の姿だが、いつぞやの遊び人の男に間違いない。

「やはり、あなたでしたね」

「あれこれ嗅ぎ回るのはやめることだ」

男は押し殺した声で言う。

「あなたは中野石翁さまの手のお方ですか。それとも岩見藩の……」

「そなた何のために嗅ぎ回っているのだ？」

「真実を知りたいのです。何があったのか」

「真実は家老から聞いたはずだ」

男は吐き捨てるように言う。

「やはり、あなたは家老の宇部さまと通じているのですね」

「そなたは間違っている」

男は迫るように言う。

「どこがですか」

「松江藩の敵は美濃守であり、そなたの敵は鹿島銀次郎だったはず。そのふたりが果てたことはそなたにとっても松江藩にとっても朗報だ。なのに、なぜそなたは鹿島銀次郎殺しを詮索するのだ？」

「なぜ、急に松江藩が美濃守さまに対して反撃に転じたのか。そのわけを知りたいのです。私の知らないところで何が起きていたのか」

「知ってどうするのだ？」

「わかりません。真実の内容によります」

新吾は言ってから、

「まず、あなたが何者だか知りたい」

と、問うた。

「名は？」

「勝田伊八郎《かったいはちろう》だ」

「勝田伊八郎……。どこのお方ですか」

「家老の宇部治兵衛さまから遣わされている」

「そんなはずはありません」

新吾は言下に否定した。

「岩見藩浅見家の家来ですか」

「……」

「鹿島銀次郎と八巻冬太郎を殺したのはあなたですね」

「そうだ」

「なぜ、殺したのですか」

「邪魔だったからだ」

「なぜ、邪魔だったのですか」

「話す必要はない」

「鹿島銀次郎どのは何かを思いついたのです。中野石翁さまの存在に気づいたのではありませんか。鹿島銀次郎どのは橋場から渡し船で向島に渡っていました。石翁さまの別荘に行ったのです」

「宇津木新吾、そなたもだんだん邪魔な存在になってきた。ご家老の話に納得して、引き下がってくれると思ったが……」

伊八郎はやりきれないように言う。

「ご家老の宇部さまや中野石翁さまは、いったい何を恐れているのですか。私がいくら真実を知ったところで、何も出来やしません」

「……」

「考えられるのは、間宮林蔵さまの存在でしょうか」

伊八郎が微かに身構えたように感じた。

「間宮さまに目をつけられて困るのは抜け荷の件」

新吾は想像を口にした。

「いつか諦めて手を引いてくれると思っていたが、無理のようだ」

伊八郎は鋭く言い、鯉口《こいぐち》を切り、刀の柄に手をかけた。

「宇津木新吾、覚悟してもらおう」

伊八郎は剣を抜いた。

「抜け荷ですね」

伊八郎は正眼《せいがん》に構えて迫った。

新吾は懐から短刀を取り出した。

「これは美濃守さまの形見の品」

「……」

「教えてください。ご家老も私を斬ることに納得されたのですか」

「そうだ。宇部さまの頼みできょうまで見過ごしてきたが、もはやそなたの存在はやっかい者でしかない」

「つまり、私は真相に迫っているのですね」

「覚悟」

伊八郎は上段から斬りつけてきた。新吾は横っ跳びに剣先を避け、続けて横に薙《な》いできた剣を短刀で弾いた。

伊八郎は正眼に構える。新吾は短刀を逆手に摑んで身構えた。

「今からでも遅くない、手を引くのだ」

「いえ、あくまでも真相を突き止めます。それが亡き美濃守さまが私に託されたこと。この短刀の思いにかけて真実を……」

最後まで言わないうちに斬り込んできた。

新吾は腰を落として素早く相手の胸元に飛び込んだ。振りおろされた剣を握った腕を目掛けて短刀の切っ先を向けた。伊八郎は勢いのついた体を懸命にひねって短刀の切っ先を避けた。

そのとき、ひとがやって来る気配がした。ふたつの影が近づいてくる。

伊八郎は剣を引き、

「いずれまた」

と、反対方向に逃げて行った。

新吾もすぐに暗がりに身を隠した。升吉親分と手下だ。新吾は袂が裂け、腕にかすり傷があった。事情の説明がつかないので、新吾はふたりをそのままやり過ごし、それから帰途についた。

四

新吾が帰宅をすると、すでに義父母は寝間に下がっていた。

新吾は台所で水を飲んだ。香保が驚いて、

「何があったのですか」

と、きいた。

「ちょっと」

新吾は部屋に入り、改めて着物を見た。袂ともう一か所、襟《えり》が裂けていた。腕はかすり傷であり、軟膏を塗るだけで問題はなかった。

着替えてから、新吾は腰を下ろし、

「香保、聞いてくれ」

と、切りだした。

「私は医者の分際でよけいなことに首を突っ込むではないと幻宗先生に忠告を受けていたが、松江藩に関わる不祥事の解明に関わってしまった」

新吾は経緯を正直に語った。

「私がやったことは松江藩に仇をなすことだ。特に、ご家老を窮地に追い込むことになる。だが、今さら手を引けない。真実を知りたいのだ」

「今後も、おまえさまに危険が？」

香保は不安そうに言う。

「危険はある。だが、それは撥ねつけられる。ただ……」

新吾は言いさした。

「わかっています。藩医を辞めさせられるかもしれないのですね」

「いや、辞めさせられるはずだ」

新吾は深く溜め息を漏らし、

「お抱え医師の看板がなくなれば、富裕な患者はこなくなろう。義父の往診先も富裕なところはなくなる」

「はい」

「あんなに今の境遇を喜んでいる義父を奈落の底に突き落とすことになる。おまえにもまた不自由な暮らしを強いることになろう。それだけではない」

新吾はやりきれないように顔をしかめ、

「岳父どの、漢泉さまの表御番医師の返り咲きも諦めなければならなくなるだろう」

「いいではありませんか」

香保が微笑んで言う。

「おまえさまのおもうとおりに突き進んでください。心を捨てて、身分を保ってもそれが何になりましょう。後悔に苦しむだけの毎日が待っているだけです。貧しい暮らしでも、さわやかなおまえさまの笑顔に接することが出来るほうがどんなに仕合わせか」

「香保。すまない」

「いやですわ」

香保は真顔になり、

「どうか、私のことは気になさらず、自分の思う道をお進みください。ただ」

香保は祈るような目を向け、

「おまえさまが危ない目に遭うのだけはいやです。どうか、命を大事に」

「わかっている」

新吾は香保の肩を抱き寄せ、

「ありがとう」

と、胸の底から突き上げてくる思いを口にした。

「水臭いですよ」

新吾の腕の中で香保は言う。

「私はいい女房を持って仕合わせだ」

「私のほうこそ、仕合わせです」

ふたりは抱き合ったまま、時の経つのを忘れていた。

翌朝、新吾は松江藩上屋敷に向かう途中、浜町堀に面した高砂町にまわった。

次郎吉が親しくしている女子の家の前に立った。

戸を叩いて、声をかけた。

待っていたかのように、戸が開いて次郎吉が顔を覗かせた。

「お待ちしていました。どうぞ」

次郎吉が中に招じた。

新吾と勘平は土間に入った。

「やはり、昨夜、岩見藩上屋敷を升吉親分と手下が見張っていました」

奥にいる女子に聞こえるとまずいので、新吾は小声で言う。

「やはり、そうでしたか」

次郎吉は難しい顔をした。

「じつは、例の男に襲われました」

「えっ？」

「鹿島銀次郎と八巻冬太郎を殺した男です。ずっと私を監視していたのです。そのついでに次郎吉さんのことも知ったのでしょう」

「あっしの動きを封じるために、岡っ引きに垂れ込んだのですね」

「岩見藩上屋敷に次郎吉さんが忍び込むかもしれないと思い、手を打ったんですよ」

「そんなもんに負けませんぜ」

「いや、いけません」

新吾は首を横に振った。

「松江藩上屋敷に忍び込んで見つかって斬られたのは、もう足を洗えという天の忠告だったのかもしれません」

「……」

「もうこれでねずみ小僧を引退しませんか」

「ええ、確かに潮時かもしれません」

次郎吉は複雑そうな顔をして、

「でも、宇津木先生と関わったことは最後まで仕上げたいんです」

「見張られていては危険です。升吉親分はねずみ小僧である証拠を摑もうとしているのです。どこかに忍び込むところを見られたら、たちまち捕まりますよ。この十年、一度も正体が摑めなかった怪盗が目の前にいるのです。おそらく、升吉親分だけでなく、他の岡っ引きも手ぐすね引いているはずです」

新吾はさらに続ける。

「もう足を洗ってください。このままなら、ねずみ小僧は伝説の盗人にもなりましょう」

「あっしはそんなものを望んじゃいません」

「そうであっても、もういいんじゃないですか」

「まだ、体も動きます」

「いえ、どこかが鈍くなっているんですよ。松江藩上屋敷の奥御殿の屋根で見つかったのです。どこか注意力が散漫になっていたんじゃありませんか。逃げるとき、追いかけられて左腕を斬られたのも何かが以前と違ってきているんです」

「……」

「よいですね。常に岡っ引きの目があることを心に留め、自重してください」

新吾は次郎吉を諭し、外に出た。

浜町堀から柳原の土手に差しかかったとき、間宮林蔵が現れるような感じがしたが、何事もなく、新シ橋を渡った。

三味線堀を通り、松江藩上屋敷にやって来た。

いったん番医師の詰所に行ってから、新吾は家老屋敷に行った。

しかし、家老は外出したということだった。どこに行ったのかはわからないという。

ただ、昨夜遅く、文を届けにきた者がいて、今朝早く家老は出かけて行ったということだった。

新吾は向川主水介の屋敷に行った。

隠居部屋で、新吾は主水介と差し向かいになった。

「お腹の痛みはいかがですか」

「うむ、だいじょうぶだ」

主水介は応じてから、

「何かあったのか」

と、不審そうにきいた。

「その前にお訊ねしたいのですが、岩見藩と松江藩は隣国同士で、国境いで永年もめているそうですね」

「そうだ。殿も頭を抱えている問題だ。それがどうした？」

「岩見藩の藩主の浅見肥後守は派手好きで、屋形船を持ち、船遊びを楽しんでいるそうです」

「そう、派手好きだとは聞いている」

「その屋形船に中野石翁さまを招いて接待しているようです」

「中野石翁さまに取り入り、何かをしようとしているのか」

主水介は眉根を寄せた。

「じつは、その屋形船にご家老らしい武士が乗っていたのです」

「ばかな」

主水介は一笑に付した。

「宇部どのが岩見藩の浅見公と顔を合せるだと。そんなことはあり得ぬ」

「考えられませんか」

新吾は確かめた。

「考えられぬ。藩に対する背信行為を宇部どのがするはずない」

「そうですか」

新吾は惑いながら、

「抜け荷の再開の件ですが」

と、切りだした。

「うむ？」

主水介は厳しい顔になった。

「美濃守さま主導で、松江藩が抜け荷を再開することを、ご家老はどう思っていたのでしょうか」

「渋々だったが、その気でいたはずだ」

「それがなぜ、一転して、抜け荷から足を洗うことになったのでしょうか」

「美濃守さまが失脚するとわかったからだ」

「抜け荷を再開するつもりだったなら、美濃守さまが失脚したらかえって好都合ではありませんか。美濃守さまに抜け荷の上前を撥ねられる心配がなくなるわけではないですか」

「確かにそうだ」

「それなのに、ご家老は抜け荷から手を引きました。どうしてだと思われますか」

「そこが不思議だ」

「この件は国許におられる嘉明公はどこまで承知しているのでしょうか」

「もちろん、ご家老の独断で決められるものではない。殿の意向も十分に聞いているはずだ」

「抜け荷がひそかに続けられているということはありませんか」

「前も話したと思うが、やっていればわしの耳に入ってくるはずだ。それに抜け荷の再開には『西国屋《さいごく》』の存在も欠かせない」

『西国屋』は米沢《よねざわ》町にある乾物問屋だが、松江藩の城下に本店がある。抜け荷で得た唐物を江戸で流していたのが『西国屋』だ。

「『西国屋』も今は抜け荷に関わっていない」

「なるほど」

新吾は頷いた。

ある考えが頭の中に広がった。

「どうした?」

新吾の表情の変化に目ざとく気づいたのか、主水介はきいた。

「いえ、なんでもありません。ただ、やはり松江藩は抜け荷とは関係ないのだとわかりました」

「うむ」

その後、差し障りのない話をして、新吾は辞去した。

昼過ぎ、上屋敷を引き上げ、新吾が新シ橋を渡ったところで、饅頭笠に裁っ着け袴の間宮林蔵が目の前に現れた。

「柳森《やなぎもり》神社まで」

そう言い、林蔵はそのまま和泉橋のほうに去って行った。

「先に帰っててくれ」

新吾は勘平に言い、林蔵のあとを追って、柳原の土手を和泉橋のほうに向かった。

さらに、和泉橋を過ぎると、柳森神社が現れた。

新吾は鳥居をくぐった。社殿の裏手にまわったが、林蔵の姿はなかった。再び、鳥居のほうに戻ろうとしたとき、植込みの中から林蔵が出てきた。

「他に人気はない」

林蔵は言った。

「今朝早く、宇部治兵衛が外出した。どこに行ったかわかるか」

「もしや、岩見藩上屋敷……」

昨夜、勝田伊八郎に襲われた。昨夜遅くの使いは新吾の襲撃に失敗したことを知らせるものだったのではないか。それで急遽《きゅうきょ》、治兵衛が出かけた先は岩見藩上屋敷としか考えられない。

「なぜ、そう思うのだ？」

林蔵がきいた。

「からくりがわかったからです」

「からくり？」

「ええ、松江藩と岩見藩の取引です。証拠もなく、私の想像でしかありませんが」

「なんだ？」

「抜け荷の権利です。抜け荷は岩見藩浅見家が引き継ぐことになったのではないでしょうか」

新吾はずばり言い切った。

「松江藩が抜け荷の権利を岩見藩に譲ったというのか」

「そうです」

「松江藩の見返りは？」

「国境いではないかと」

「国境いは松江藩の主張どおりとするということか」

「そうです。松江藩は領土を、岩見藩は抜け荷を」

「どういう経緯があったと思うのだ？」

林蔵はきいた。

「松江藩が抜け荷のことで美濃守さまから脅されていることを知った岩見藩は中野石翁さまに取り入ったのではないでしょうか」

「岩見藩はどういう経緯で抜け荷のことを知ったと？　ましてやその背後に美濃守がいるとどうして知り得たのだ？」

「……」

「岩見藩は松江藩が抜け荷をしていることを知ることは出来たが、美濃守の存在まで知ることは出来まい」

「では、誰が……。まさか、ご家老が？」

「今朝、宇部治兵衛が出かけた先は岩見藩上屋敷ではない」

「どこですか」

「幻宗のところだ」

「えっ？」

新吾は耳を疑った。

「幻宗の施療院だ」

新吾は言葉を失っていた。

なぜ、家老の宇部治兵衛が幻宗に会いに行ったのか。

新吾は頭が混乱していた。確かに、昔は幻宗は松江藩の藩医だったこともあり、宇部治兵衛ともつながりはあった。

しかし、藩医を辞めたあとは、ふたりにつながりはないはずだ。

中野石翁……。三五郎という施療院出入りの男が石翁の別荘に入って行くのを見た。幻宗と石翁はなんらかの関係があるのではないか。

「間宮さまは、どうお考えですか」

新吾は縋るような思いできいた。

「わからぬ。ただ、松江藩と岩見藩とで取引があったのは間違いないだろう。じつは、木挽町一丁目にひと月ほど前に骨董屋が出来た。そこの主人は岩見藩のご城下にある海産物問屋の番頭だった男だ」

「抜け荷の品をそこから捌くということでしょうか」

「そうだと思う」

「では、岩見藩は抜け荷をすでにはじめていると？」

「そうだ。松江藩の取引相手との貿易を、岩見藩が続けているということだ。だが、どのような流れで、そうなったのかはわからない」

林蔵は眉根を寄せた。

家老の宇部治兵衛が美濃守主導の抜け荷に危機感を持ったのかもしれない。このままでは美濃守に首根っこをつかまれたのと同じだ。

そこで中野石翁に相談を持ち掛けようとした。だが、これまで松江藩は中野石翁との交流がない。

そこで思いついたのがお美代の方の実父である智泉院の日啓だ。中山法華経寺での祈禱を名目に奥女中の喜代次を奥方の代参として遣わした。治兵衛は日啓への文を喜代次に託した。当然、莫大な謝礼と共に。

それは去年の秋のはじめころであろう。日啓から話を聞いた中野石翁はこの話を岩見藩に告げたのではないか。

こうして、中野石翁の仲立ちで、松江藩と岩見藩の取引が成立し、石翁は美濃守の失脚へと動いた。

新吾は想像を話したあと、

「でも、中野石翁さまが家斉公に美濃守さまを誹謗する告げ口をするだけで、そんなに簡単に失脚させることが出来るんでしょうか」

と、疑問を口にした。

「出来る。美濃守にも脛《すね》に傷はあろう。調子に乗りすぎていたようだ。もともと他の老中からの反発もあったから、家斉公の言葉を聞いて、いっせいに潰しにかかったのだ」

「……」

「美濃守に落ち度がなにもなければ、こうも早く失脚までいかなかったろうが……。まあ、糾弾する材料はいくらでも見つかる。もし、なければ作り出せばいいからな」

林蔵はあっさり言う。

「なんと恐ろしいことで」

新吾は呆れ返った。

「中野石翁の一言でその人物の運命が大きく変わるのだ。だから、石翁に対する鬱憤《うっぷん》も大きい。家斉公が万が一のときが見物だ」

林蔵は言ったあとで、

「ほんとうのことを答えてくれるとは思えぬが、幻宗にきいてもらいたい。宇部治兵衛がなにをしに幻宗に会いに行ったのかを」

「わかりました。今夜、行ってみます。では」

新吾は一足先に、柳森神社を出た。

勝田伊八郎がどこかから見ているのではないかと思いながら、新吾は土手を下り、柳原通りに出た。

五

夕方。出掛けに、新吾は美濃守の形見の短刀を懐に入れ、香保に見送られて、小舟町の家を出た。

永代橋に差しかかった頃に、だいぶ辺りは暗くなってきた。大川にはかなり船が出ていた。

勝田伊八郎がつけてくるかもしれないと、常に背後に注意を向けたが、その気配はなかった。

小名木川に出てもつけられている気配はなかった。高橋を渡り、常盤町に入って行く。

どうやら今夜は見張られていないようだ。

幻宗の施療院に着いた。土間には数足、履物があった。通い患者はまだいるようだった。新吾は部屋に上がった。

おしんが出てきた。

「あら、新吾さん」

「先生はまだ治療中ですか」

「いえ、先生はお出かけです」

「往診ですか」

「いえ」

「えっ、往診ではないのですか」

「違います。どこへともおっしゃいませんでした」

「今朝、松江藩のご家老が幻宗先生のところにいらっしゃったそうですね」

「ええ。ご家老かどうかわかりませんが、四十半ばぐらいのお侍さまがいらっしゃいました」

「どんな用件だったかわかりませんか」

「いえ、先生の部屋に入り、誰も寄せつけませんでしたから」

「そうですか」

「外出も、そのためでしょうか」

「そうだと思います」

おしんは不安そうな顔で、

「何かあったのですか」

と、きいた。

「いえ。先生が外出なんて珍しいので」

いったいどこに行ったのか。

そもそも宇部治兵衛が幻宗を訪ねることが想像もつかない。何かの頼みごとだとしたら、何を頼むのか。

「きょうのお侍さま、以前にも一度いらっしゃったことがあります」

おしんが何気なく言う。

「えっ？　それはいつごろですか」

「去年の秋ごろだったかしら」

「そのときは先生はどこかに外出されたのですか」

「いえ、外出はしていません」

「そうですか」

新吾は首をひねった。

念のために、おしんにきいた。

「中野石翁さまの名を聞いたことはありますか」

「中野石翁さまですか」

おしんは考える仕種《しぐさ》をした。

「聞いたことがあるのですか」

「いえ、違いました、中野播磨守《はりまのかみ》さまというお侍さまが幻宗先生を訪ねていらっしゃったことがありますが」

「中野播磨守さま……。いつですか」

「二年ぐらい前です。ものものしい行列で」

「二年前……」

確か、中野石翁が隠居したのは二年前だ。隠居後に出家して石翁と名乗った。隠居前に、石翁はここを訪れているのか。

やはり、幻宗と中野石翁は面識があったのだ。おそらく、石翁の病気を治してやったことがあるのだろう。

幻宗は宇部治兵衛の頼みで石翁の向島の別荘に行ったのではないか。

これから行ってみたいと思ったが、行き違いになるやもしれず、新吾は待つしかなかった。

幻宗が帰ってきたのはそれから半刻（一時間）後だった。

「お帰りなさい」

新吾は出迎えた。

「来ていたのか」

幻宗は部屋に上がった。

「中野石翁さまのところですか」

新吾はきいた。

しかし、幻宗はそのことには答えず、

「もう、遅い。帰るのだ。わしももう休む」

と一方的に言い、自分の部屋に入ってしまった。

出直すしかないと思い、新吾はおしんに挨拶をして施療院を出た。

小名木川にかかる高橋の袂に、間宮林蔵が待っていた。

「幻宗は出かけていたみたいだな」

林蔵はきいた。

「はい。帰ってきましたが、今夜は遅いからと、何も話してくれませんでした」

「どこに出かけたのかもわからないか」

「おそらく、中野石翁さまのところではないかと」

「なに、石翁……」

「幻宗先生は隠居前の石翁さまと面識があったようです」

「宇部治兵衛に頼まれて中野石翁に会いに行ったのか」

「そうだと思います」

「そうか」

林蔵は遠くを見る目つきをし、やがて舌打ちした。

「どうしたんですか」

「いや、宇部治兵衛にやられたのかもしれない」

「どういうことですか」

「あとは治兵衛に聞け」

林蔵は新吾の脇を抜け、本所のほうに去って行った。


翌日、新吾は松江藩上屋敷に行くと、すぐに家老屋敷に出向いた。

客間に通されて待っていると、治兵衛が厳しい顔で現れた。

「昨日、幻宗先生にお会いしに行ったということですが」

新吾は切りだした。

「幻宗に会ってきたのか」

「はい。でも、何も仰ってくれませんでした」

「そうであろう」

治兵衛は頷いた。

「まさか、ご家老が幻宗先生のところに行くとは想像さえしていませんでした。やはり、前夜の使いがきっかけでしょうか」

「……」

治兵衛は眉根を寄せた。

「使いは岩見藩上屋敷からですね。昨夜、私は勝田伊八郎に襲われました」

「……」

「勝田伊八郎は私を助けてくれたことがありましたが、今度は私を始末しにかかってきました」

新吾は治兵衛の目を見つめ、

「ご家老さま。どうか真実を教えていただけませんか」

と、訴えた。

「ご家老は、奥方が御家に降り掛かっている災厄を振り払うために中山法華経寺の祈願を思いついたと仰いました。でも、美濃守さまを追い落とすような祈禱を智泉院の住職の日啓に頼むとは思えません。美濃守さまに漏れたらたいへんなことになります」

「……」

「ご家老は美濃守さま主導のまま抜け荷を再開することに危機感を持ち、権勢を恣《ほしいまま》にしている中野石翁さまに相談を持ち掛けようとした。でも、松江藩は石翁さまとの交流がない。そこで思いついたのがお美代の方の実父である智泉院の日啓どのです。中山法華経寺での祈禱を名目に奥女中の喜代次を代参として遣わしたのはご家老ではありませんか」

黙って聞いていた治兵衛がようやく口を開いた。

「中野石翁さまとの交流はないが、手立てはあった」

「手立て？　もしや、幻宗先生では？」

「そうだ。幻宗は中野清茂どのの大病を治したことがあったのだ。そのことから清茂どのは幻宗を恩人と思っていた。だから、幻宗に仲立ちを頼みに行った」

去年の秋ごろ、治兵衛は幻宗の施療院に現れたと、おしんが言っていた。おそらくこのときのことだろう。

「だが、幻宗は断った。ごたごたに巻き込まれたくないとな」

「そうでしたか」

「それで、日啓に狙いを定めたのだ。うまく、中野石翁どのに会うことが出来た」

「向島の別荘に行ったのですか」

「そうだ。そこで、石翁どのから岩見藩との取引を持ちだされた。それが、国境いの件と抜け荷の権利の交換だ。その交渉は、いつも岩見藩浅見公の屋形船の中で行われた。もちろん、そこに石翁どのも同席した」

治兵衛は続ける。

「石翁さまが約束したとおり、美濃守さまは失脚し、すべて片がついた。美濃守さまの呪縛から逃れ、国境いもこちらの望み通りに決まった。抜け荷とは縁を切りたかったので、松江藩としては上々の首尾だった。石翁さまと日啓どのへの謝礼は高くついたがな。もちろん、岩見藩とて抜け荷で大儲け出来ると喜んでいた。ところが、美濃守さまの失脚に疑問を持ったものがいた。そなただ」

治兵衛は苦笑した。

「鹿島銀次郎の件だが、中野石翁のことに気づかれたから殺したのではない。浅見公が勝田伊八郎を遣わしたのはそなたを守るというより、鹿島銀次郎らを斃すためだ。後顧の憂いを取り除くために、美濃守さまの手先として動いていた鹿島銀次郎らを始末したのだ」

「最後に、私まで狙ったのですね」

「抜け荷のことはもはや岩見藩の問題だ。抜け荷のことを調べている間宮林蔵がそなたと親しくしていることが、岩見藩にとって大きな脅威となっているのだ。わしはそなたに手を出すなと言っていたが、間宮林蔵との関係で生かしてはいけないと考えたのだろう」

「どうして、ここにきてご家老は幻宗先生のところに？」

「……」

治兵衛は少し戸惑ったような顔をした。

「このままでは勝田伊八郎は何をするかわからぬ。そなたの妻女《さいじょ》を人質にとってまで、そなたの命を奪おうとするかもしれない」

新吾の背中に戦慄が走った。

「心配するな。そこまでさせないために、幻宗に会いに行った」

「幻宗先生はよけいなことに関わらないお方です。それがどうして動いたのでしょうか」

「そなただ」

「私ですか」

「そうだ。このままではそなたの命を奪うために、どんな卑怯な手を使うかわからない。また、命をとらないまでも、松江藩の藩医として抱えておくことは岩見藩の手前、難しくなると訴えた」

「私は藩医を続けられるとは思っていません。結果的には、松江藩に仇なす振る舞いに及んだのですから」

「そなたを守るために、幻宗はあえて中野石翁のところに行ってくれたのだ。こんなことで、宇津木新吾を潰してはならぬとな」

「幻宗先生は私のために……」

「幻宗が何を訴え、石翁がどう決着をつけるかわからないが……。美濃守さまもお亡くなりになった今、おそらく一連の騒動は表面上終息するだろう」

治兵衛は吐息をもらした。

「私は真相が知りたかっただけです。これで何があったのかよくわかりました。いろいろ、出過ぎた真似をしたことをお詫びいたします」

新吾は頭を下げ、

「では、失礼いたします」

と、腰を上げた。

「待て、藩医をやめる必要はない。そなたがいないと、間もなく出府する嘉明公が寂しがるでな」

治兵衛は慈愛に満ちた目を向けて言った。

「ありがとうございます」

新吾は改めて深々と頭を下げた。

半月後、新吾はいつものように朝、香保に見送られて、勘平と共に小舟町の家を出た。途中で振り返ると、香保はまだ見送っていた。松江藩抱え医師の看板はそのままかかっている。

新吾は変わることなく、松江藩に通っている。

あれから何度も幻宗のところに行った。だが、幻宗は中野石翁に会いに行った件を話してくれることはなかった。

いつか、話をしてくれるかと思ったが、昨夜も幻宗はそのことには触れなかった。

高砂町の次郎吉の女の家に寄った。次郎吉が顔を出した。

「お上がりになりませんか」

「ちょっと顔を見たくて寄っただけです。それに、これから藩医の仕事がありますから」

「今度、ゆっくり来てくださいな」

「わかりました」

新吾は応じてから、

「まっとうに暮らしていらっしゃるようですね」

「ええ、なんとか」

ねずみ小僧とは縁を切れそうだと、新吾は喜んだ。

「近々、美濃守さまのお墓参りに行きたいのですが、よかったらごいっしょしていただけませんか」

美濃守失脚の真相を墓前に報告するという約束を果たすのだ。

「もちろんですとも」

次郎吉は応じた。

「では、また改めて」

新吾は高砂町から浜町堀を越えて、やがて柳原の土手に差しかかった。新シ橋の袂に、ひとりの武士が立っていた。

仙台袴《せんだいばかま》に羽織りをまとっている。五十過ぎと思える武士だ。新吾はあっと声を上げた。

「間宮さま」

間宮林蔵だった。

いつも饅頭笠をかぶり、裁っ着け袴姿で、若々しい感じだったが、改めて素顔を見て、これほどの年齢だったのかと驚いた。

「じつは公儀隠密の職を解かれた」

「そうなんですか」

「これで、岩見藩の抜け荷を調べることは出来なくなった」

「ひょっとして、中野石翁さまが……」

幻宗と石翁の話し合いの結果か。

「おそらくな。だが、中野石翁云々というより、歳には勝てぬ。駆けずり回るのも年年しんどくなってきた。遅いぐらいの引き際だった」

林蔵は言ったあとで、

「公儀隠密の職を離れて、改めて見えてきた世界がある、じつは勘定吟味役の川路聖謨どのと付き合いがある。川路どのを介してあの高野長英とも再会した」

「長英さまと」

驚きを禁じ得なかった。

シーボルト事件で巧みに逃れた高野長英を林蔵は追っていたのだ。

「長英がそなたに川路どのを引き合わせたいと言っていた。そなたとは今後も会う機会がありそうだ。とりあえず、挨拶だけ」

そう言い、林蔵は去って行った。

新吾は呆気にとられて林蔵を見送った。

本作品は書き下ろしです。

双葉文庫

こ-02-35

蘭方医《らんぽうい》・宇津木新吾《うつぎしんご》

老中《ろうじゅう》

2022年12月18日　第1刷発行

【著者】

小杉健治《こすぎけんじ》

【発行者】

箕浦克史

【発行所】

株式会社双葉社

〒162-8540 東京都新宿区東五軒町3番28号

［電話］03-5261-4818(営業部)　03-5261-4840(編集部)

www.futabasha.co.jp（双葉社の書籍・コミックが買えます）

【印刷所】

大日本印刷株式会社

【製本所】

大日本印刷株式会社

【カバー印刷】

株式会社久栄社

【DTP】

株式会社ビーワークス

【フォーマット・デザイン】

日下潤一

ISBN978-4-575-67140-7 C0193

Printed in Japan